U0141376

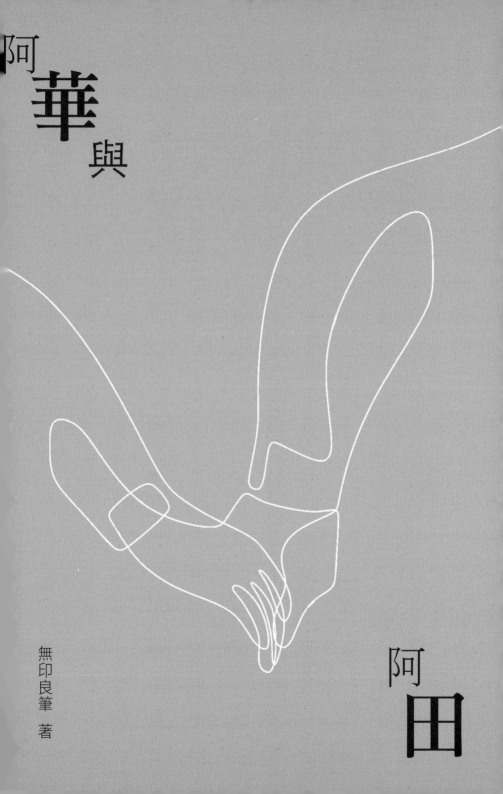

阿華與

阿田

無印良筆　著

目錄

Contents

005　作者自序

008　阿華與阿田

　　011　引言　阿華與阿田的故事

　　015　第一章　春回

　　031　第二章　移民

　　039　第三章　安居

　　047　第四章　樂業

　　057　第五章　口福

　　085　第六章　訪客

　　113　第七章　候鳥

　　141　第八章　無題

　　147　第九章　無常

　　155　第十章　殤！

　　163　第十一章人禍

　　169　第十二章後記

175　老鰥夫阿田小語

作者自序

無印良筆

三十年前，四十六歲的寡婦阿華和四十六歲的鰥夫阿田因緣邂逅，情投意合，結為夫妻，共賦「大地回春」之讚歌。兩人始終相互信守婚姻承諾，相敬相愛，一路走來，確實是一個美麗的人生之旅。其中雖各自患過程度不同的病苦，卻都順利過關，恢復健康，繼續向白首偕老的願景邁進。可惜天意不從人願，在兩人毫無心理準備的時候，突然間，其中一個說走就走。

我着手寫《阿華與阿田》之初，便託夢給阿田，讓他知道我在寫阿華和他的故事。他也毫不遲疑地着手寫他的《小語》。他在他的夢中告訴我，說我寫他也要寫。他信任我的寫作能力，能夠寫好華田的故事。然而他表示，希望我能將他的《小語》附在《阿華與阿田》最後一章之後。他把他的《小語》稱為《老鰥夫阿田小語》，是一則則或長或短的故事或各種思念的敘述，其中諸情雜

陳，包羅多層次的甜酸苦辣。我從他寫好的《小語》中窺見了他的內心世界，正好與我的《阿華與阿田》互相襯托輝映，使華田的故事得以在多維時空中呈現。我因此早就決定將他的《小語》附在《阿華與阿田》之後。

一位不願透露姓名的朋友知道我有意在臺灣出版《阿華與阿田》一書，便介紹我跟出版社聯絡。該公司決策人讀了我透過電郵傳給她們的一些樣稿後說，「是會讓讀者想要看下去的寫作水準」。

《阿華與阿田》的故事終於完稿。我在引言中說，我實際上是編寫阿華和阿田本人或他們的親友所透露的故事。後來發現，有些故事是由其他跟阿華和阿田有接觸的人物所透露的，包括阿華和阿田的家庭醫生、其他醫護人員和殯儀師等。我是這些故事的第一個讀者，我也將故事的前幾章和十多則小語在我建立的部落格（blog）上發布，讓少數阿華和阿田最密切交往的親友先讀為快。這少數讀者給我許多寶貴的回饋：除糾正錯別字、指出應補應刪處之外，也不吝提出評議、慷慨給予讚賞。在我整個寫作期間，正亮佳琳夫婦、柏膺佩蒂夫婦、芸妮、大川桂芬夫婦、阿田的妹妹悠悠等都給我極

大的鼓勵，讓我得以克服各種障礙和避開不少干擾，順利寫完華田兩人的故事。

有個伴侶竟先走了！讀者讀到這段情節，怎不感到唏噓和無奈啊！然而未亡人仍有他的人生路要走。我「無印良筆」見到的是，他帶着心中的她，繼續走他的人生路。他經歷了「一年三秋」的老化，身手不像以前那麼敏捷了，腳步有時也略顯蹣跚，總害怕自己隨時會失去平衡而摔跤。可是，因為心裏有她，路還是要繼續走。走着、走着、一段段的回憶讓他斷斷續續地重溫了結伴相依人生的幸福和甜蜜。讀者跟我一樣，可能也會發現，《阿華與阿田》的故事其實不僅是個愛情故事，在看似平淡的兩人日常動靜中，也嚐得到獨特的原汁原味。

阿華與阿田

無印良筆

阿華與阿田的故事

不要問我從那裡來。寫《橄欖樹》歌詞的三毛說，她的故鄉在遠方。那是很單純的說法，也等於甚麼都沒說。甚麼是遠方呢？我的回答比較明確。我來自多維時空。我活在地面的世界上，也活在許多人的感知空間裡，同時也活在虛擬時空中，並且在時間軸上穿梭。

我是一個作家，不管我從甚麼地方來，如果我只活在地面的世界上，我是無法完成任何有意義或有價值的作品的，特別是愛情故事。最單純的愛情故事不外是相愛兩人始終貫徹婚姻承諾的故事。沒有小三，也沒有出牆的紅杏。如果一對相愛的男女住在一個荒島上，履行婚姻承諾難度不高。兩人的愛情故事可能沒甚麼好寫的，即使寫成，也沒甚麼看頭。除非加入神話色彩，像伊甸園的亞當和夏娃，要等蛇出現他們的故事才有曲折的情節和高潮。在這情況下，亞當和夏娃的故事就必須包括蛇的故事在內，還有那個禁果，還有上帝。寫這故事的人除了要知道亞當和夏娃在想甚麼、知道甚麼之外，還要知道蛇在想甚麼。蛇要與亞當和夏娃溝通，必須會想東西，甚至會說亞當和夏娃能夠聽得懂或看得懂的語言，例如身體語言。而上帝呢，就是虛擬的時空。我所說的多維時空，乍聽之下，可能令人莫名其妙，仔細玩味，

就會領悟它的真相。

我要寫的愛情故事的女主角阿華和男主角阿田不是住在荒島上。他們誕生後，便有命中註定的親友，並且在成長過程中跟某些親友有互動的聯繫，這類跟他們有互動的親友會隨他們的成長而愈來愈多。男女主角的某些故事由這些親友透露，是很自然的事。而親友如何透露主角的故事，則跟他們的感知和感應能力以及思想觀念有很大的關係。我這本《阿華與阿田》是一個長篇短說的愛情故事，所寫的故事不是憑空捏造、無中生有的。所有角色都確有其人，所有情節都確有其事。

嚴格講，阿華和阿田只是普通人，是善良的普通人。他們不像專制獨裁者那樣禍害普通人。也不像那些助紂為虐的獨裁者親人和幕僚。一般普通人但求平安、健康、行動自由、精神舒暢、能安眠、有口福、盼望事事順利、享有快樂時光。善良的普通人愈多，天下就愈太平。就算是正面大人物或知名人物，他們如果寫甚麼回憶錄之類的東西，通常都不容易引起普通人的共鳴。因為普通人要的只是普通的東西。大人物或知名人物的快樂經常是扭曲的，建立在群眾的熱烈喝彩聲和掌聲中和

近似精神錯亂的崇拜上。普通人要的，只是單純的讚賞和鼓勵，希望的是，讓他人能夠分享他們的小成就和歡樂。大人物或知名人物是名牌人物。普通人是沒牌子的。日語叫這種無牌貨為「無印」，優良的無牌貨叫做「無印良品」。我自信自己是個優良的不知名作家，因此自稱為「無印良筆」。相信讀者讀完我這本《阿華與阿田》後會肯定我的資格。

我寫《阿華與阿田》，實際上是編寫阿華和阿田本人或他們的親友所透露的故事。我是這些故事的第一個讀者。這些故事給我不少啟示：人學會行走之後，路就要自己走。而人生的旅程，不外是生、老、病、死、死後。人在任何階段都可能會發覺人生的不完美。不完美不等於沒有喜悅和歡樂。更不等於失去生存的意義。人生不完美不等於生命中沒有美好的經歷。美好的歷程來自對生命的珍惜。珍惜生命的前提是珍惜來自親友的關懷、扶持、安慰、溫暖和尊重，來自對美好時光的把握。美好的經歷也來自對其他生命和環境的愛護。美好的經歷更來自滿懷的感激。滿懷感激的時刻就是生命中最美好的時刻。

第一章

春回

喪妻的男人叫做鰥夫，喪夫的女人叫做寡婦。這「喪失」是永久的，因為人死不能復生。生者只能思念死者，不能再跟死者對話，這樣的「喪失」是不可逆轉的死別。古今中外，人世間有過無數的鰥夫和寡婦。地球卻照樣自轉，也照樣繞日運行，並不理會人間有喪妻和喪夫的事。

也許是受到日出日落和月亮圓缺現象的啟示，有的鰥夫會再娶，有的寡婦會再嫁。漢語中，男人喪妻叫做「斷弦」，再娶叫做「續弦」，這雅稱的含意等於是：鰥夫再娶，就好像換一根弦那麼簡單明瞭。寡婦再嫁，卻沒有對應的雅稱。

可能是漢族社會自古以來就不鼓勵寡婦再嫁，而強調寡婦守節的崇高情操。然而二十一世紀已是男女平權確立的時代，鰥夫再娶和寡婦再嫁，必須有一個可以顯示男女平等色彩的說法。再娶和再嫁一律叫做「第二春」，不但適當，而且明白易懂。

夫妻或同居伴侶除了死別之外，還有生離的現象。分離的夫妻或伴侶也有再婚的或再覓新伴侶同居的，同樣可

稱為「第二春」。然而同居伴侶有各種各樣的品種，離婚也有各種各樣的動機和被動因素。本書所說的「第二春」只限用於傳統婚姻的鰥夫和寡婦。

鰥夫和寡婦巧遇成婚，可說是良緣，正是「第二春」的基礎。因此，各式「一夜情」或「多夜情」，只要最終沒有結婚，便不算本書所說的「第二春」。這「第二春」是廣義的，每個新結合都是一個「第二春」。

「第二春」也可以是狹義的，專指第二次結婚，第三次結婚則稱為「第三春」。鰥夫和寡婦再婚是他們的「第二春」，如果其中一方是第三次結婚，對這一方來說，就是「第三春」。

依此廣義類推，可以有「第四春」、「第五春」等等。一男和一女再婚也可能是「第二春」拖（註1）「第三春」的組合。也可能是「第三春」拖「第三春」的組合。依此類推，也可能有「第三春」拖「第四春」，沒完沒了，這就不贅述了。最單純的組合是再結合的男女都是「第二春」。這種組合的「第二春」兼具廣狹兩義。其他組合可統稱為多春組合。男的可稱為多春男，女的稱為

【註1】拖：賽馬術語，甲馬拖乙馬，即為甲搭配乙的意思。

多春女。讀者可發揮自己的想像力，意識到多春家庭的
複雜性。

鰥寡者的第二春、第三春等等都有正面的意義。所謂
「大地回春」，總是好事。當然，利用多次回春以達到濫
交目的當事人可能不將好事當一回事，難免招來不道德
的譏評。但這是題外話了。

有子女的鰥夫和寡婦的姻緣都是透過第二春完成時，情
況比較單純。只見兩個單親家庭都同時擴大了。假如有
子女的鰥夫和寡婦的姻緣涉及多個第二春完成，情況可
能極為複雜。其中可能的組合不需在此細說。

本故事的主角是阿華和阿田。一個經歷喪夫之哀，一個
經歷喪妻之痛，都是死別的經歷。兩人結成夫妻，都各
有第二春，才有故事。世界才變得多姿多彩。

* * *

兩人巧遇時都未滿四十六歲。1993 某月某日，兩人不約
而同地在香港灣仔會展中心舉行的一場書展中出現，因

而巧遇，互相吸引，因而結識。

親友們從阿華和阿田的互動中看出兩人的恩愛，不時有人問他們，你們是怎麼認識的？其中一人便說，「我們是在書展會場巧遇而結識成婚。」一般聽者得到這樣的回答就滿意了，卻有極少數人非得「打破砂鍋問到底」不可，認為這樣的回答太簡短，也太抽象，要求兩人提供更詳細的情節。阿田和阿華只好認真地下些工夫，將他們邂逅的過程漏洞之處填填補補，加些鹽、加些醋，遇到八卦人士追問，便把經兩人確認的擴充版和盤托出。人家要甚麼，就給甚麼，也算是慈善之舉。

以下是擴充版的內容：

兩人相遇的地點是書展會場內一個臺灣出版商的書攤。阿田和阿華不約而同地各自在翻看一本同一書名的書，《第三共和：未來中國的選擇》，作者是嚴家其。1989年5月19日，曾以中國社會科學院政治學研究所所長的身份到天安門廣場的廣播站發表《五一九宣言》支援學生運動。「六四大屠殺」後流亡法國。

兩人一手拿著書一邊互相交換對「六四」事件和香港前途的看法，發覺兩人原來志同道合，都極度憎惡中共，表示有機會一定離開香港。其間有一逛書展的男人跟阿田打了個招呼，跟著用國語跟阿田聊了一會。

那男人走後，阿華問阿田說：「原來你講流利國語呢！你不像大陸人，來自臺灣嗎？」

阿田：「不是，我從小就讀用國語授課的小學。後來也去臺灣讀大學。」

阿華：「我兩個兒子正在臺灣讀大學。」

阿田：「那很好啊！讀那一家？」

阿華：「大的讀成功大學。快畢業了。小的讀輔仁，剛進去不久。」

阿田：「很好啊！你常去看他們嗎？還是他們回來？」

阿華：「我去看過大的一次。小的還沒去看過。你也在臺

灣讀小學嗎？」

阿田：「不，在印尼讀的。雅加達華人辦的小學。」

阿華：「哦！原來你是印尼華僑。難怪你看起來有點像菲律賓人。」

阿田說：「是嗎？我不是在印尼出生的。我兩歲多隨父母從福建搭船去印尼，十二歲才到香港。」

阿華：「很不簡單啊！兩歲就開始走天涯了！」

阿田：「哪裏，其實是逃難！我爸爸在印尼辦右派報紙，經營賣臺灣教科書的書店。祖父以前辦中文學校，也是右派的，不過已經去世。1959 和 1960 年間，印尼政府在中共煽動下，下令關閉所有右派機構，所謂右派，即『親臺灣』的意思。我爸爸當時來香港採買教科書，我一個叔叔認識印尼軍方高層人士，知道爸爸的名字出現在他們要遞解出境的黑名單上，便通知爸爸叫他不要回去，同時加速辦理我媽媽、我和一弟一妹的出境手續。最後由這叔叔護送來香港。我們的終點站本來是澳門，

可是爸爸買通了移民局人員，讓我們偷偷地在香港某個碼頭上岸。就這樣由原來的黑市居民變為香港合法居民了。」

阿華：「情節很精彩呀！像奇情故事。」

阿田：「一切都因為要逃避中國共產黨。現在我也打算離開香港。」

阿華：「有機會的話，我也想離開。那你有小孩嗎？」

阿田：「有一個兒子，在讀中學。」

阿華：「在香港還是臺灣？」

阿田：「在香港。讀九龍聖芳濟。」

阿華：「怎麼那麼巧？我教過這間學校。是很久以前的事。」

阿田：「原來你是為人師表。現在還教嗎？」

阿華：「教了二十年。教英文，前後教了三間學校和一間大專書院的校外課程。」

阿田：「幸會！幸會！看你蠻年輕的，就已經是個資深的教師。難得！又是兩個大學高材生的母親。不但是良母，也是賢妻啊！」

阿華：「不敢當！你呢？在港島還是九龍上班？」

阿田：「我在九龍某半官方工商資訊服務機構當顧問。你呢？」

阿華：「我現在是在某天主教中學的英語教師兼英語科主任。」

阿田：「我早就料到你是資深之輩了！了不起！一定桃李滿天下了！」

阿華：「過獎了！不敢當！今天一個人來逛書展，太太沒一起來嗎？」

阿田：「她不能來。她去世了。」

阿華：「啊呀！對不起！不好意思！問錯話了！」

阿田：「沒關係，我經常這樣回答的。那你先生呢？有一起來嗎？」

阿華：「他不能來。他去世了。」

阿田：「啊呀！對不起！輪到我說了！……怎麼這麼巧？」

兩人面面相覷，不知說甚麼好。接著雙雙不約而同地「唉！」了一聲，淡淡一笑。接着同時說：「怎麼這麼巧？！」

阿華：「談了這麼久，忘了問你怎麼稱呼？」

阿田：「暫時叫我阿田好了。全名以後再讓你知道。我也忘了問你貴姓大名。真巧！」

阿華：「暫時叫我阿華好了。全名等我知道你的全名後再給你。」

兩人再次相對笑了笑。

阿華：「阿田，你準備買這本書嗎？我有個建議。這本書讓我買。然後借給你先看。你看完後還給我。好不好？」

阿田：「那就是說，我們還要見面？」

阿華：「怎麼？不好嗎？」

阿田連連回答說，好好好！

兩人於是交換了電話號碼。

阿田講到這裏，就會問聽眾：「還要聽下文嗎？下來就是付錢買書，互相道別，各自回家，沒甚麼好講的。」

阿田和阿華的親友之中，只有極少數人聽過這麼詳盡的兩人邂逅的故事。兩人關係的進展、突破、發展的重要

因素都已埋伏在書展會場內那一場互動中。因為這是個長篇短說的故事，所有涉及老套和激情的細節都必須省略。「我們是在書展會場巧遇而結識成婚」，仍是兩人如何結識成婚的正式簡略版。

然而，這簡略版卻略掉了兩人互相吸引對方的要素。兩人開始交往後，甚至婚後，都曾多次談起第一次見面時對方留給自己的印象。阿田個子不高，在阿華眼裡，個子不高反而更像是她的夢中人，有別於她比較高大的前夫。她喜歡阿田率真、爽快的姿態和那張有點南亞人味道的臉孔，也喜歡他談吐間散發的「文化」氣息。阿田注意到阿華穿着淺綠色套裝，踏着一吋高的密頭鞋，身高顯然跟自己差不多。他覺得她個性開朗，身材健美，風韻清新，不太像一般香港女人。

阿華對阿田說，很多人以為她是日本人。阿田才恍然大悟，她確是像日本女人。他對阿華說，他很少注意日本女人，因此沒有這樣的聯想。他跟着說，他的前妻美翠也覺得他像南亞人，特別是他剛從美國讀完資訊學碩士回香港的時候，一頭幾乎披肩的長髮，又留着鬍鬚，從機場旅客入境大門出來時，美翠差點認不出他。他說，

美翠經常說他的臉有點「番」，特別是頭髮長了，皮膚
又曬黑的時候。「番」是臺語，非華人的意思。

阿田和阿華相識後的一段時間內，兩人曾各自談起已故
配偶和其他家人，也各自談起如何結識已故配偶和婚後
的生活概況。不過這都跟兩人的故事沒有直接關聯，暫
時略掉，故事發展下去需要回顧時再補敘。

阿華在亡夫逝世後，兩個兒子又回臺灣繼續讀大學，便
退掉原來租的住所，搬到一個較小的住宅單位。阿華在
書展會場內邂逅阿田時已遷入新居。新居只有她和一隻
她叫牠為咪咪的黃白兩色雌貓，很方便阿田上門找她。
某天，兩人共進晚餐後，再沒完沒了地聊聊天，夜就深
了。阿田自然要送她回家。阿華問他，要不要上去看看
咪咪？

阿田說好。這樣就進去阿華家了。有了第一次，只要規
規矩矩，就不難有第二次。可是，阿田有一次還是犯了
一點小錯誤：忘了換襪子。他那天忘了換下穿了幾天的
襪子。他進了阿華家門，在門廳廊道上脫了鞋子準備換
拖鞋的時候，才發覺自己的雙腳奇臭無比。他對阿華

說，不好意思，我今天腳很臭，忘了換襪子。阿華隔空朝他雙腳方向嗅了嗅，皺起眉頭說，的確很臭！你怎麼把襪子炮製得像泡菜？

她叫阿田脫掉襪子，放在鞋子內，然後穿著拖鞋去廁所洗腳和洗拖鞋。阿田回到廊道上的時候，阿華已經用兩團衛生紙塞在鞋子內。她笑着說，塞了紙可以稍為減低臭味。剛才咪咪去聞了一下，猛然退縮，顯然給那臭味嚇壞了！阿田連連說，不好意思！不好意思！以後要換新鮮襪子才來。阿華說，沒關係，洗了不臭就可以了。接着問，你是不是有香港腳？阿田說，我人在香港，我的腳當然是香港腳。「你是說，那種會發臭的香港腳？我的腳臭，是因為襪子穿久了的關係。換了襪子洗了腳就不臭了。而且從來不癢，不用搓、不用抓。不知算不算是香港腳？」阿華笑著說，也許是初期的香港腳吧？！要注意喔！

那天以後，阿田每次進阿華家，第一件事就是去洗腳。回到飯廳內，如果看到咪咪在他脫下來的鞋襪前面徘徊，就會對阿華說，你看，味道還可以了吧？！連咪咪都認可了！

此後，阿田成為阿華家的常客。郎有情，女有意，兩人很快就邀請各自最要好的幾個同學和同事做證婚人，在婚姻註冊處正式成婚。跟着在尖沙咀東部某酒店設自助餐婚宴，請各自的朋友、同學和同事參加。不久後。阿田升了職獲得房屋津貼，便在美孚新邨租了一個住宅單位同居，共賦「大地回春」之讚歌。

第二章

移民

阿華、阿田、阿田的親兒子永訢和咪咪貓於 1994 年夏天從香港飛抵多倫多。

阿田的中學和大學同學志森開了一輛吉普車去機場迎接他們回家。這家是志森的家，在密西沙加市，離皮爾遜機場不遠。阿田透過來回書信和長途電話，確定志森可以讓他們在他家寄居一個月，便毫不猶疑地來了。他們在志森家下榻後幾天，志森夫婦和兩個女兒便趁他們寄居期間，展開一個月的吉普車遠征美國大峽谷之旅。這安排成全了兩家人的各自需求，因此順利拍板定案。這是阿田與阿華移民歷程中，如有天助的第一步。

阿田和阿華沒像其他移民那樣先跑一趟多倫多「探路」，了解當地的社會、工作和居住等大小環境，然後決定是否「落地」。有些移民決定「落地」後甚至事先買下或租下住所，然後回原居地，將要搬來的家當裝櫃上船海運後，才正式再飛來「落地」。他們確定志森可以讓他們在他家寄居一個月，便毫不猶疑地採取「一程落地」的冒進策略。也許兩人都有不同程度的探險精神，也許兩人已下了「此去香港永不回頭」的決心。

阿田和阿華離開香港的決心來自不同的動力，但堅定程度是相同的。1984 年中英簽署了《中英聯合聲明》，聲明指出，中共將於 1997 年 7 月 1 日對香港恢復行使主權，同時也列出中國對香港的基本方針，在「一國兩制」的原則下，中國政府會確保其社會主義制度不會在香港特別行政區實行，香港本身的資本主義制度和生活方式維持「五十年不變」。對阿田的亡妻美翠來說，「香港回歸祖國」等於即將來臨的惡夢。她開始跟阿田討論離開香港移民去美國的計劃，如果去不了美國，去其他國家也可以，只要離開香港。1987 年她病危時更屢屢叮囑阿田，一定要設法讓永訢在 1997 年之前離開香港，移民他國。這願望其實也是阿田的願望。阿田比美翠更不想成為中共統治區的居民。他比美翠更清楚中共統治集團的真面目，無法漠視他們歷來對中國民眾的種種禍害。「五十年不變」，真的嗎？

阿華也有相同的疑慮。她的亡夫和婆婆當年也從上海逃到香港，也算是難民。亡夫一向仇共，因此將兩個兒子送去臺灣升學。阿華雖在香港誕生長大，對中共的所作所為，卻也一清二楚。「六四大屠殺」更加強了她對中共的憎惡。阿華和阿田一致不看好香港的前景，儘快移

民成為兩人的共識。此外,對阿華來說。自己先移民,也等於開闢了她兩個兒子的移民路。兩人婚後不久,阿田順利取得之前申請的加拿大職業移民簽證,在阿華同意下,阿田再向領事館申請妻子的簽證。簽證很快就批准了。阿華和阿田就這樣憑着兩股無畏的精神,拿着兩筆有限的退休金,踏上了加拿大的國土。

華人是一群喜歡移民的群體。從 1800 年到現在,世界各地的華人都有一批人前仆後繼地跨國或跨洋移居異國。他們的移民動機、目的、渠道、經歷和下場千奇百怪,無奇不有,聚焦審視,宛如觀看一具萬花筒。

華人移民外國的目的不外是為了家庭團聚、謀生、避難、藏富,有時候,移民是赴海外留學的後續結果。

最早期的華人移民主要為了謀生。1800 到 1940 年間,中國東南沿海省分、香港、澳門和臺灣有大量華人移民到美國、加拿大、印尼、新加坡、馬來西亞及中南半島前英國和法國殖民地。

在 19 世紀中後期至 20 世紀初,離開中國各地區到外國

謀生的勞工都會簽約,稱為契約華工,俗稱為「賣豬
仔」。即使到 2022 年,仍有中、港、臺民眾遭跨國人蛇
集團誘騙到柬埔寨當「豬仔」。

家庭團聚原是很單純和樸素的移民動機,但到中共開放
國門讓民眾出國後,便有不少人透過人蛇集團的安排偷
渡到外國,再透過不同渠道取得居留證,然後正式申請
留在國內的親人前來團聚。

中共執政後,禍國殃民,不但為中國大陸的民眾帶來數
十年的浩劫,也因從事赤化東南亞各國政府的滲透活動
給當地華僑帶來了排華的苦難。香港和東南亞原是華人
逃避中共或為了謀生的移民地,在「六四大屠殺」後,
則出現了一波湧向美國、加拿大、澳洲、紐西蘭和新加
坡的移民潮。對於中共的真面目,凡有良心和正義感的
香港人莫不瞭如指掌。阿華和阿田移民的動機,不是為
了謀生,不是為了家庭團聚,也不是為了藏富,而純粹
是為了避難。兩人深信中共遲早會給香港居民帶來各種
苦難。

移民前,阿田和阿華正當職業成就的高峰期。阿田的同

事就曾勸他說，你剛升職為顧問，有房屋津貼，又有子女學費津貼，何必移民呢？留下來享受這些福利不是更好？阿華也聽到類似的勸告，為甚麼要輕易放棄英語科主任的高職位呢？

移民是離鄉別井的大舉動。不但要告別親友和熟悉的社會、文化、政治和自然環境，而且要投入一個未知的未來。離開原居地，等於失去了原來的工作和收入，中斷了許多親友的聯繫，捨棄了一個適應了多年的居住環境。移民的所得能彌補這些損失嗎？

對阿田和阿華來說，這一切都不是考慮的重點。兩人只有一個念頭：離開香港！離開得越遠越好！加拿大和香港隔着太平洋，是個理想的移居地。從福建到印尼，從印尼到香港，再從香港到加拿大，阿田是第三次逃難。阿華是第一次逃難，然而跟阿田一起逃，感覺上也像是第三次逃難，因為阿田的逃難經歷加強了她逃難的決心。趁香港尚未「回歸祖國」之前移民，可以光明正大、大大方方地移民，不必簽甚麼「豬仔契」，不必靠偷渡集團的安排和剝削，甚至不必付移民顧問費。

志森全家人給阿田和阿華等的安排非常周到。他們知道阿華帶了寵物貓來，事先便把他們大女兒心愛的大型英國牧羊犬託朋友代管一個月，免得貓給狗嚇壞了。他們在知道阿田等人準備登機後便購入一大批各類急凍食物、乾糧、罐頭和日用品，把廚房內的大冰箱和地下室的冰櫃和一排雜物架塞得滿滿的，還留下幾打啤酒。志森對阿田說，家裡的存貨夠你們一個月食用，只要補充新鮮蔬果就可以了。他們還留下一輛腳踏車，可用來代步上超級市場購物。

志森的太太貝拉介紹了住在附近的同事小慧給阿田等人認識，讓他們得到親切的照應。小慧經常在下班後或周末到訪，有時還帶了海鮮來，親自下廚。阿田的另一個中學同學安達也常到訪，並開車帶阿田、阿華和永訢繞繞幾個多倫多知名的地標，逛逛超市和華人商場，看看幾個適宜居住的住宅區。安達也邀請阿田等三人到他家吃飯，介紹他的妻子瑪麗和兩女一子給阿田等人認識。

阿田和阿華很感激志森全家人，小慧、安達夫婦，他們周到和溫暖的接待、不厭其詳的嚮導、親切和及時的幫助。

舊友和新知讓阿華、阿田和永訢覺得找到了可以安居的新家園。

第三章

安居

阿田和阿華心目中的住宅區是多倫多市內地區，想在出租公寓大樓（apartment）先租下一個單位，遲些才配合上班地點購置一個公寓（condominium）單位。他們必須在志森全家回來之前找到住所。兩人收集了一些資料。帶著一張多倫多公車局的大眾交通路線圖，每星期出動兩、三趟。永訢則看守志森家，看看書、練小提琴、聽聽音樂、做些雜事、陪咪咪貓。

兩人沒有車，從密西沙加市去多倫多必須兩次接駁交通工具。先乘搭密西沙加公車（Mississauga Transit）到克雷迪特港（Port Credit）轉乘 Go 列車（Go Train）到多倫多的聯合車站（Union Station），再轉多倫多公車局（TTC，Toronto Transit Commission）巴士到多倫多市內的目的地區。這樣每程三段起碼花一個半小時以上，兩程共花上三個多小時。到達目的地區後，還要在烈日下步行，按圖尋找電話預約好的出租公寓大樓。

七月是多倫多盛夏，天氣酷熱，在沒有遮蔭的地方靜站片刻就會滿身大汗，何況還要步行？！阿華和阿田當時身體都還壯健，在烈日當空下長行軍式地奔走，幸好沒有中暑。阿田頭髮長了些，膚色曬黑了些，阿華好幾次

忍不住對他說，你越看越像「賓仔」！阿田則回應說，你也曬黑了，像牛奶巧克力「日本妹」！

阿華和阿田看了幾個公寓單位後，終於決定租下北約克區的一個單位。他們在辦租約手續時，跟女經理談得很開心。阿華問她，可以養寵物嗎？她說，當然可以，只要那寵物是不危險的，可在家合法飼養的。她跟著問，是貓還是狗？阿華說，是貓，我的女兒。經理笑著說，原來貓也移民！她原以為只有老鼠才移民，跟著行李移民。阿華和阿田聽了，也哈哈大笑。

簽了租約，拿了租下單位的門匙，阿華和阿田的心情一下子變得很輕鬆，彷彿心頭的大石小石全部落了地，但又沒砸到腳。半個多月來的奔走勞碌終於告一段落！接下來就剩下買傢俬和等行李貨櫃船抵達兩樁大事了。

在回密西沙加市的 GO 列車上，阿田對阿華說：「你知道那公寓的經理透露了甚麼重要的信息嗎？」

阿華：「甚麼信息？」

阿田：「我們裝貨櫃運來的行李也可能有偷渡客。」

阿華：「你是說老鼠？」

阿田：「不是。我們香港家怎會有老鼠？我是說蟑螂。」

阿華晃然大悟，說：「是哦！我們當時有時候沒把紙箱裝滿封好就去睡了，蟑螂在我們封箱前可能就躲進去了。那時候家裡蠻多蟑螂的。那些卡通紙箱的縫隙也可能有蟑螂的卵鞘。我們這裏開行李紙箱，蟑螂和蟑螂卵鞘都過來了！怎麼辦？」

阿田：「不怕！我們可以去買一、兩把蒼蠅拍把關，一見有蟑螂跑出來，馬上將牠拍死。至於蟑螂卵鞘，所有紙箱拆開、東西搬出來後馬上丟掉，防止蟑螂幼蟲出來。希望一隻蟑螂也沒有運來，不然我們就成為蟑螂偷渡集團的首腦了！」

阿華：「希望可以買到蒼蠅拍。」

阿田：「買不到就自己做啊！譬如說，找一根木棍，或一

根樹枝，綁上一隻交叉頭的塑膠拖鞋，就是蟑螂拍了。
要多少把都可以做出來。拖鞋將來可給到訪的客人穿。
當然，拍扁了蟑螂那隻要好好洗乾淨。」

阿華：「你洗。我不想洗這類東西。」

阿田：「你很奇怪，那麼喜歡小動物，怎會這麼怕或者討
厭蟑螂呢？」

阿華：「令我噁心。特別是蟑螂和蟑螂卵的味道。我反而
不怕老鼠，只要牠不咬我。」說完，笑了笑。

阿田：「我也怕飛來飛去的蟑螂。香港廚房盥洗盆裡面如
果有蟑螂，我通常把洗潔精滴在牠身上，讓牠安樂死。
主要避免拍扁牠，流出惡心的體液。跟著又要洗那體液
沾到的地方。很麻煩！」

阿華：「只要家裡發現一隻蟑螂沒有清除，我就會不安，
甚至睡不好。希望我們多倫多的新居沒有蟑螂就好！」

阿田：「希望如此。至少不要像香港那樣猖狂地出沒。」

阿華：「不！最好一隻也沒有！」

兩天後，阿華、阿田和永訢一起出動去 IKEA，花了大約半天時間便買了一張雙人床、一張單人床、兩個床墊，一張可變長變短的餐桌、四張餐桌椅、一張書桌、一張可放置電腦的長書桌、三張可旋轉的書桌椅、兩張床頭几、兩個五斗櫃，一個連鏡化妝檯。此外還有枕頭、枕頭套、床單等。幾天後，阿華和阿田在安達夫婦陪同下，到一家電器行買了電視機、錄影機、電風扇、微波爐、電爐等。過幾天，兩人又去百貨公司買了一張三連座的沙發床和一張單座沙發椅。必要的傢具似乎齊備了。

跟着，行李貨櫃也運到了，小慧開車陪阿華和阿田去清關，並安排貨櫃公司將行李運到新居。除了幾個塑膠衣櫥、書架、櫥櫃、電腦、電腦桌之外，幾乎都是紙箱，裏面裝滿書籍、樂譜、唱片（CDs）、衣物、鞋帽、餐具和各類雜物。阿田負責拆箱，阿華和永訢兩人各拿一把自製拖鞋蒼蠅拍把關，準備一發現蟑螂就拍死牠。結果一隻也沒看到。空紙箱拍扁後隨即拿去丟進公寓大樓的紙類垃圾收集箱。

不到兩個星期，所有紙箱都拆了，所有東西都各歸各位。阿田、阿華、永訢都鬆了一口氣。連咪咪貓也悠閒地在家裡到處走動視察。

有了家、安了居，好像服了定心丸，使原來未知的未來顯露了朦朧的輪廓。

三人一貓在這公寓單位住了兩年。兩年期間，永訢在附近一所名校讀完了十一級和十二級，並考上了多倫多大學。阿田則在士嘉堡區一家中文報社上班，由於阿華和阿田決定不買車，便在報社附近買了一個公寓大樓的單位，總實用面積一千六百平方英呎。

阿華不喜歡這大樓管理處不准住戶養寵物的規定，但喜歡大樓有保安員二十四小時輪值守衛。加上附近有多線東西和南北行駛的公車，又有郵局、藥房、醫務所，幾家超市、幾家餐館、幾家便利店，便毫不猶豫地決定買下了。三人趁搬家工人搬東西的混亂中，用一些障眼法順利地把咪咪貓偷偷地潛進去，成為大樓內一個黑市居民。

第四章

樂業

阿田、阿華、永訢三人的家當經海陸運抵租下的公寓單位後，加上在本地購置的基本傢俬和電器，可以說居有定所了。雖然是跨洋搬家，心理上的感覺還是良好的。永訢很快就在住家附近找到一所知名公立中學報讀第十一班，秋季就可入學。阿田和阿華也開始找工作了。

阿田持有圖書館和資訊學碩士和企業管理碩士兩個學位，也在香港和澳門的大學圖書館和工商業資訊中心工作了十五年多。他申請移民到加拿大時，正是因為他的履歷而加了分，可是加了分的履歷卻沒讓他更容易在多倫多找到需要那些履歷的工作。他寄了不少應徵信給在當地報紙登相關職缺廣告的僱主，有幾次獲得面試機會，卻沒上最後候選名單。他也主動地廣泛搜查出可能聘用他的大學、社區學院、各類圖書館和資訊中心等，一一寄去求職信，多數的回音是：收到閣下的求職信和履歷表，謝謝，現在暫無職缺，有職缺時會通知閣下。這些求職信從此沒有下文了。也許有，可惜阿田兩年後搬家時忘了交代郵局將信件轉去新住址。

阿田也參加過某政府機構專為新移民而開設的就業創業輔導及轉介班。幾個輔導員都強調「加拿大經驗」（「在

加拿大的工作經驗」的簡稱）重要性，跟阿田所接觸的
朋友和其他人所強調的一模一樣。大家都說，「加拿大
經驗」往往要透過做義工獲得。所謂「義工」，就是不
領工資，甚至連車馬費也領不到的員工。加拿大職場上
有一大批這類無薪員工，是當時的香港人、澳門人和臺
灣人所難以想像的現象。

那個就業創業輔導及轉介班，介紹阿田給多倫多大學某
商業管理部門的圖書館當義工。阿田乖乖地去上班。才
上班幾天，某中文報社通知他說，錄取他為英文新聞稿
中譯員。這是他之前應徵而通過筆試的職位。該圖書館
同意讓他提前下班，以便他下班後去報社上班。報社那
份工薪資不高，然而好過無薪。阿田兩份工作兼做了一
段時間後，覺得太勞累，便把圖書館那份辭掉。阿田認
為義工現象令人難以接受。他心想，所謂「加拿大經
驗」可能是工會所設的入行壁壘，用來保障工會會員的
轉職機會，掩飾排斥非工會會員的用辭。如果某新移民
想找一份文員工作，他在麥當勞快餐店打工算不算是
「加拿大經驗」呢？

阿田想，如果一個機構要長期依靠義工才能運作，顯示

它的人員配備有問題，同時有剝削勞工之嫌。這只是他的想法，反正他已經不是義工了，就不再理會義工問題了。

阿華很快地在一家油炸圈餅（donut）店擔任華裔老闆的「一腳踢式」助理（註1），負責圈餅批發安排、圈餅材料入貨、現金出納、簿記、會計、行政等雜務。並不需要甚麼「加拿大經驗」，首次面試即被錄取。她說老闆看重的是她的英語、廣東話和人際溝通能力，至於會計不外是些簡單的簿記工作，無需經驗。可見所謂「加拿大經驗」有時只是用來「阻嚇」求職者的「神話」。對小型商店的老闆而言，只要老闆相信應徵者的能力，覺得應徵者看來順眼就可以了。找教師工作的管道也很暢順。她在香港的英語教師履歷毫無障礙地很快就獲得多倫多教育局的承認，但沒有可以馬上應徵的全職職缺，必須先做有薪鐘點代課教師。阿華登記為合資格英語教師後不久，教育局便先後有幾通電話找她代一堂或兩堂課。阿田和阿華覺得奇怪，為甚麼鐘點代課教師不需要「加拿大經驗」呢？

阿田仔細想了又想，終於想通了！其他工種，例如銀行

【註1】「一腳踢式」助理：一人包攬各類事務的助理。

櫃員或餐館侍應生，如果有某人請假，沒有替工也沒甚麼問題，大不了讓銀行顧客排隊排久一些，食客得到的服務慢一些。教師請假便不一樣了，必須請代課教師，因為課堂上不能沒有教師。全職教師多數不會接零丁的鐘點代課工作，無「加拿大經驗」的合格教師便成為最佳候選人了。

阿田和阿華協商後，阿華決定不接這類鐘點式的代課工，因為代課學校的地點如果離家太遠，搭公車來回所花的時間可能是代課時間的兩到三倍。換句話說，如果只代一堂課，所獲得的時薪必需折半或打六折，划不來。

沒多久，阿華偶然見到多倫多一家出版社徵求教材編寫員的廣告，便不經意地打電話去詢問詳情。結果馬上約見面試，跟着馬上簽約、馬上動工。一套十二冊香港小學學生適用的精進英語輔助作業教材便在 1996 年全部出版了，由一家香港書商發行。此後幾年內，阿華都會收到該出版社寄給她的版稅支票。支票金額不多，但阿華每次收到都非常開心。能夠因小小成就而大大開心，可能就是樂業的秘訣了。

阿華一動手編寫那套教材，便立即辭掉油炸圈餅店的工作。編寫教材休息時間或進餐時，她會講在那家店上班時碰到或見到的一些趣事。她說，店老闆是個華裔瘦男人，年紀似乎比她大，講的英文有很重的台山話口音，第一次見她時自我介紹說，姓王，名叫彼得。阿華說她的英文名叫諾娃。彼得在店內安置了兩台吃角子老虎機，存心「掠奪」顧客的錢。顧客多數是領着老人福利金的長者或靠社會福利金維生的無業者。他們買一杯咖啡之餘，經常玩老虎機，成為彼得謀財的對象。「實在可憐！」阿華說，彼得養了一匹賽馬，請人照料，似乎有些錢，但經常周轉不靈，向她借幾千元，承諾準時連本帶厚息奉還。阿華每次都推說沒有可動用的現金借給他。彼得有太太，但又喜歡吃阿華豆腐，不只一次對阿華說，你做我的情婦好了，包你有「着數」（註2）。阿華說，她聽了感到噁心。阿田附和說，簡直是「癩蛤蟆想吃天鵝肉」，也可說是一種語言性騷擾。阿華在這家油炸圈餅店做了幾個月就離職了，那段工作經歷，成為她的人生小插曲，讓她見識或碰到了不少怪人怪事，也有許多美好的回憶可以讓她回味，並與阿田分享。

1999年，阿華給診斷出患了子宮頸癌，在接受電療和化

【註2】着數：好處。

療雙管齊下的療程後，病情很快受到控制。雖仍繼續接受定期覆檢，不到半年，卻已經是一條活龍了。那期間，阿田一直在那家報社的新聞翻譯組上班。翻譯員的流動率頗高，人來人去，經常有人手短缺的時候，阿華便成為兼職客串代工的人選。報社的工作環境畢竟比甜圈餅店好多了。阿華就在這時期結識了好幾個密切交往的同事。

2001 年，阿華從報紙廣告獲知美國在沖繩島的外國廣播資訊中心正在徵求遠程中譯英翻譯員，負責將中共報刊上登載的軍事新聞或軍事文章譯成英文。她上該機構的網站應徵，試譯該網站提供的幾篇文稿後，成功受聘。阿田中文能力強，又熟悉簡體字，而且習慣上網搜索資料，便在幕後幫助阿華。阿華中譯英的功力很快獲得該機構的賞識，交給她翻譯的稿件便愈來愈多，也愈來愈密集。阿田當時除了在報社擔任翻譯工作外，還零散接一家廣告公司的英譯中工件來做。他預料阿華的翻譯工作會愈來愈繁忙，需要他更多的協助，便辭掉報社的工作。

阿華和阿田兩人協力替這個資訊中心總共做了十二年的

中譯英工作。最後幾年，阿華還接下該資訊中心的新聞報道摘錄工作，負責將中共中央電視台每天播出的各段軍事報道節譯成英文摘要。事實上，新聞報導是阿田聽的，摘要也是阿田寫的，但要經過阿華修改後才交貨。做了一段時間後，阿華覺得工作量過於繁重，便向該資訊中心要求將工作量減為每周寫四天摘要，其餘三天由他人代勞。

翻譯文稿是計字論酬，寫新聞摘要是按日論酬，兩人的收入因而增加不少。報稅方面，則可將應課稅收入減低。因為這種事業屬於自僱行業，工作空間、用電、參考書、新置電腦、打印機、文具等都可當作營運開支或按比例計算的開支。雖然報稅要處理的項目比較繁瑣，感覺卻是良好的。即使東扣西扣，應課稅收入還是蠻高的，雖然透過扣除註冊退休儲蓄計劃（RRSP）供款可再減低，每年要繳納的個人所得稅仍比未替資訊中心工作時高。阿華和阿田沒有因要繳更多稅而心疼，反而覺得自傲，享受減免費用的醫療服務時有「理所當然」的感覺，將來享受老人或退休人士的各種福利時，更會心安理得。

阿華和阿田移民加拿大之前，做夢也沒想到兩人後來成為十二年翻譯工作上的好拍檔。這份工作的收入增加了兩人的儲蓄，成為退休後兩人可以每年赴香港和臺灣跟兒子、繼子和老友、同學相聚的資金。兩人在旅途上聊天時，也不止一次談起那份工作，慶幸互聯網時代的來臨，否則就不會有那份工作了。資訊中心的審稿人始終不知阿華背後有個「影武者」，專門替她寫軍事新聞報道摘要，還以為阿華是三頭六臂，既譯文稿，也寫摘要。阿華曾向他們透露，她的丈夫會幫她忙，做些雜七雜八的工作，例如搜查和驗證人名、地名、職稱等的原外文，但從未明確揭示阿田的「影武者」身份。

兩人也沒想到，給他們帶來最高收入的工作，似乎沒有「加拿大經驗」的因素。兩人的中英語文能力和多種領域的文化修養，幾乎全部或大部份在來加拿大之前就已具備。說穿了，「非加拿大經驗」反而正是兩人在加拿大職場上的比較優勢（comparative advantage），這優勢是加拿大主流職場所無從排斥，更無法歧視的。

阿華和阿田在多倫多的二十多年工作生涯裡，擁有比較優勢的「非加拿大經驗」成為兩人樂業的墊腳石。

第五章

、

口福

「食色，性也。」這簡短的句子出自《孟子》的《告子上篇》，意思是說，食慾和性慾，都是人的本性。一般人對好吃者總是一笑置之，好吃者通常就不會為自己的好吃辯護了。好色者碰到非議時則極可能振振有詞地拿這四個字做為擋箭牌。

其實，食色兩慾的輕重並非相等，先後排序也非可以隨便顛倒。俗語說，「飽暖思淫慾」，通常是先滿足食慾，然後才解決性慾。這也符合生理學原理和科學邏輯：有了體力，才有氣力翻雲覆雨。

阿田和阿華結識後要有下文，自然不能沒有性吸引力的推動。然而，很明顯的，兩人都不是亂搞男女關係的人。決定結成伴侶後，阿田從不拈花惹草，阿華雖像紅杏那麼美艷，也決不出牆。然而，兩人的交往不管如何真誠和純潔，在求偶的脈絡上，仍有點「溝女」和「溝仔」（註 1）的風情。這是正常現象，不表示兩人做了甚麼輕浮下作或傷風敗俗的事。普通人在求偶時，不分老幼，總有陷入神智迷亂、如醉如癡的時刻，免不了會犯賤，覺得女和仔都要有人「溝」，才是 Very Good ！

【註 1】溝女、溝仔：追女（接近「把妹」）、追男之意。

阿田和阿華各自「溝」到心中女和意中仔之後，兩人在人生的經歷中，不約而同地與時俱進，透過「春回大地」的體驗齊齊又長了一智。孤男寡女，來來去去，如升旗降旗，如潮漲潮退，不外如此，有些事在日月底下變不出甚麼新花樣。過來人的腦袋就是這麼清醒，才不致於陷入情色陷阱而不能自拔。

阿田和阿華有時閒來無事，會拿食色兩慾來聊聊。兩人共同得出的結論是：飲食活動可光明正大、大大方方地進行，性愛活動只宜暗地裡在私隱環境下進行。飲食活動多數無傷大雅，可以成為朋友相聚場合的話題，大家交流經驗和情報。性愛活動多數不宜搬上台面，除非講的是黃色笑話。兩人的確有先見之明。二十年後，像WhatsApp、Signal 之類的軟件為手機使用者提供了社交溝通的平台，許多用戶會把他們正在享用或享用過的各類美食拍下相片傳給親友，甚至加料，把自己的吃相也傳出去，卻沒有人將他們使用過的性愛道具如避孕套、潤滑劑之類和色相拍照傳給他人。不過這是題外話了。

言歸正傳。阿田和阿華很早就雙雙發現，飲食是愛情生活的最佳潤滑劑。除了要知道自己喜歡吃甚麼之外，還

要知道對方喜歡吃甚麼。

阿田曾對阿華說，他從未想過要吃貓肉、兔肉和昆蟲，此外，他甚麼都可以吃，或者吃過，包括狗肉。阿華聽阿田說他吃過狗肉，滿臉不悅，對阿田說，以後最好不要再吃了。阿田連忙說，當然不會再吃了。那是以前在臺灣讀大學的時候，是朋友請的，朋友自己煮的。另外有一個同學的舅父在中壢開了一家香肉店，有時候會帶些回宿舍請同學吃。

阿田稍為描述了一些細節，阿華終於忍不住說：「不用說下去了！我不想聽！」

阿華跟著說：「我本來就不大喜歡吃肉。蝦和少刺的魚類是例外。豬肉的腥味愈來愈令我反胃，牛肉和雞肉勉強可以接受，但吃不多。「六四」之後，我改吃素。我不是為了宗教信仰而吃素，跟別人吃飯，可以吃葷邊素。不會給親友造成不便。」

阿田說：「啊呀！我第一次煮帶給你吃的乾煸四季豆，用的碎肉是豬肉喔。你為甚麼不說呢？」

阿華說：「那很好吃！你用了很多蒜蓉，加了五香粉、紹興酒、麻油、一點豆豉，一點也不臊。我很久沒吃過那麼美味的豬肉了。謝謝你！」

阿田說：「以後還要我煮嗎？」

阿華說：「久久一次無妨。其實，我盡量少吃肉類，是因為肉成為食材之前必須殺生。這是我戒吃或少吃肉類的主要原因。怕臊味是次要原因。」

阿田把阿華這番話記在心裡。此後，阿田逐漸全面掌握了烹飪大權，前後超過三十年，一直都記得阿華這番話。

阿田認為，即使吃素，有時也該放假，吃點肉。他多次對阿華說：「除非肉的臊味令你受不了，否則吃些肉無妨。人家宰牛殺豬可並非為了專給你吃。你不過吃了其中一小塊，不必感到不安啊！」

阿華說：「你說得對！有時太固執了。肉類的蛋白質有些是植物蛋白所不可替代的。與親友共餐時，我通常會酌量吃些肉，也免得掃興。」

「食為先」成為阿田和阿華的生活共識。兩人一致認為，有口福，人生才算美滿。他們經常去美國三藩市灣區、臺灣或香港探訪親友，相聚時總免不了共同進餐的歡樂場合。可見「食為先」確是親友交往的基礎，也是大多數普通人心目中飲食在人生中的定位。有些人先知先覺，有些人後知後覺。

對阿田和阿華來說，口福有五大來源：「家常食」、「外食」、「零食」、「小食」、「大食」。這是兩人二十多年來歸納出來的心得。每日三餐或四餐的家常便飯，謂之「家常食」，包括外賣帶回家吃的熟食，如：炒飯、粥粉麵、油雞、燒味、麵包、披薩及飲茶點心等，也包括進食後洗碗碟、抹餐桌等善後雜務。「外食」指在餐館內進食，吃完後拍拍屁股、上廁所洗洗手就可走人，吃剩的打包帶回家可成為家常食。自助餐也算是「外食」。「零食」指非正餐食物，吃過癮的，不是為了吃飽，可一邊看電視或電影一邊吃，也可在交通工具上吃，甚至在床上或廁所內吃。「小食」指分量較小的食物，即臺灣人所說的「小吃」，可在店裡堂吃或外帶，也指街邊固定食攤或流動攤販出售的小份量食物，如果沒座位，得找塊石頭或一段路墩坐下就地進食，或繼續逛街、邊

走邊吃。賣「小食」的店家或流動攤販不是平日經常經過或碰見的。多倫多每年夏天舉行的多個街頭節是尋覓「小食」的好去處；臺北市的小吃店和流動攤販集中的地區，如：西門町、博愛路附近、農夫市場、淡水老街、寧夏、士林等各大夜市，都是「小食」樂園。「大食」指「大食會」的聚餐形式所提供的食物。

阿田和阿華移居多倫多後，頻密交往的在地朋友有七家人，其中六家都是阿田的中學和大學同學和他們的家人，另一家是幾位同學在美國或加拿大認識的多年老友。這班人會每兩、三個月一次，輪流在各家舉行「大食會」。如正好有校友自美國、香港或臺灣來多倫多，也會邀請他們參加。

這七家人的所謂「大食會」，是由北美洲流行的「一家一菜」為原型的 Potluck 聚餐演變而來，可稱為豪華版 Potluck 或 Potluck 2.0，非一般家常便飯的內容所能涵蓋。

原型 Potluck 的入場菜餚多是事先料理好的或買來的熟食和甜點，可能包括貴妃雞、日式生魚片和壽司拼盤、

紅燒蹄膀、星馬咖喱牛肉、大蝦沙律、素雞、滷牛肉、
醃三文魚、燒鴨、芝士蛋糕、水果等。豪華版 Potluck
則加上東道主親自烹飪的菜餚，可能包括燒烤牛排，燒
烤大蝦、白灼龍蝦、鹹水鴨、凱撒沙律等。

在阿田夫婦、荀子夫婦、駿傑夫婦和洪亮夫婦先後移居
多倫多前，安達夫婦、志森夫婦和埃迪夫婦早已輪流在
各自家裡舉行規模較小的「大食會」了。後來這類「大
食會」雖然輪流在七家人的家裡舉行，最常舉行的地方
是安達夫婦家。安達家很大，來賓可一家大小出席，其
他家通常無法容納各家子女。

安達是個如假包換的「飲食達人」，或稱為「美食家」。
不但好吃，而且會煮。經常心血來潮，蠢蠢欲動，接三
連四地發起「大食會」。他的家很寬敞，單單長方形餐
桌就有兩張，一張在廚房內，一張在餐廳裡，每張密密
坐滿都可容納十幾人。從廚房後門轉個彎推開一扇紗
門，便步入一個世外桃園般的後院，有六個網球場那麼
大，有樹有草，還有一座鞦韆。近紗門處，有一個五分
之一網球場大的木板平台，上面擺着一組木板條長桌和
長凳，可容納十來人。走下平台，是五分之一網球場大

的草坪，也擺著一組木板條長桌和長凳，也可容納十來人。夏天日光較長，安達夫婦會把主餐桌設在那草坪上，小輩們則在戶內進食。草坪餐區對面牆邊放置一具燒烤爐，安達最拿手的燒烤牛排就是在這爐上烤出來的。太陽下山後，戶外食客分頭收拾餐桌餐具，將剩餘食物搬到廚房中島上，把垃圾丟進垃圾桶。然後，大夥兒一起移師到室內餐桌，享用甜品、水果、茶，甚至繼續進食。

安達也是「飲食達人」中的「牛排達人」。他的牛排事先經過秘方醃製過，烤出來後或如緊握的拳頭，或如斬去五指的手掌，從四成熟、六成熟、八成熟、到十成熟，分盤上桌，香噴噴、汁多多，既養眼、又開胃。荀子可連吃三到四塊，面不改容。阿田吃過他的牛排後，再也不吃其他牛排，在他心目中，安達就是代表牛排的吉祥物。阿華吃不多，但吃後也覺得回味無窮。安達還從那具烤爐烤出多汁美味的大蝦和巨無霸香腸。那烤大蝦是阿華的最愛，可連吃兩隻。

安達家的廚房配備齊全，除了一張餐桌、一個水槽、一個連水槽工作檯、一組電爐頭、一個大烤箱、一個大冰

箱、一個大蒸箱之外，還有一個相當於兩張十二座餐桌合併起來的中島，上面可放置刀叉匙、餐碟、紙杯碟、餐巾、調味料、來賓帶來的食物和現場料理出來的菜餚。啤酒和汽水放在冰箱內，飲者自取。紅酒和前菜放在餐桌上。整個排場，盛大而略顯凌亂。而這分凌亂正好給來賓一種「家常」的感覺，不能不說是 Very Cold！

說安達瑪麗家是這班老友的「大食會聖地」，一點都不誇張。安達專門炮製中西式「鹹」、「濕」、「熱」菜餚，甚至輪流祭出把來賓當白老鼠的鮑、參、翅、肚等山珍海味的安達料理。瑪麗配合安達，專門炮製可能將白老鼠養肥的「甜」、「爽」、「涼」等配套食品。頭腦清醒的諸老友，每次聽到安達的號召，無不聞風歡欣而至。此聖地，口福之地也。

安達家舉行的「大食會」有五大特色，是阿田和阿華參加過的其他「大食會」都不完全具備的。

第一、食客是流動的。在沒有外地來的校友出席的情況下，七家多倫多校友加上他們的子女和子女的異性朋友

或配偶，已可坐滿安達家兩張餐桌了。通常長輩一批，佔一桌，晚輩一批，佔另一桌。然而有些年輕人卻不用餐桌，捧着裝滿食物的碟子到廚房前門對面的客廳內，坐在沙發上，把茶几當餐桌，邊看電視邊吃。長輩那張桌子經常有人一下子不見了，不久後又回來。顯示食客的高度流動性。他們離座不是因為座位上有人暗置了刺股的圖釘，也不是因為坐骨神經痛，而是到廚房添加食物或飲料。有屁要放的食客，可以順暢地溜出戶外，無拘無束地放個夠。阿田戒煙前有時離座到戶外吸煙，回座前用紙碟裝些食物，然後分一些給阿華。抽煙的舉動便不突出了。因為食客有高度的流動性，拖慢來吃，可以多吃一些，超過日常兩天加起來的份量也不自覺。因為有走動，比較耐坐。坐坐走走、站站坐坐、來回穿梭，五小時或六小時過了，大家都仍像一條活龍，草龍上身的也仍然滔滔不絕地高談闊論。

第二、食客專注於飲食和聊天。安達家舉行的「大食會」從來不設麻將和卡拉 OK 活動。長輩來賓餐後有時會齊集客廳，欣賞安達夫婦遊世界拍下的相片播放，卻從不觀看其他電視節目。安達也從不在世界盃足球賽期間舉辦「大食會」，避免兩大盛事互相干擾。天南地北

的聊天成為飲食以外的娛樂。聊天活動往往演變成環繞某幾個話題的辯論，辯論的溫度上升後，參與者個個面紅耳熱，口沫橫飛，外地來的賓客，置身其中，可能宛如經歷一場畢生難忘的夢魘。不參與者有些看熱鬧，有些（通常是女性來賓，如：阿華）悄悄離座，到比較清靜的地方跟另一小群人聊別的話題。阿田有時候也溜出戶外吸煙，聽戶內辯論者高分貝的聲浪，覺得人生非常奇妙，相聚之樂竟可由相爭之熱來襯托！對於好辯者或喜歡高談闊論者來說，可以盡情地辯論和高談闊論，未嘗不是另一種口福。

第三、食客角色轉換和錯亂。在安達家的「大食會」上，來賓既是座上客，也可自願客串為傳菜員或酒保，端著一盤食物分給來賓，或拿著一瓶紅酒或白酒，往來賓面前的酒杯添酒。甚至可以假裝角色錯亂，把自己當做東道主，招呼遲到的賓客。也可以準專家自居，多此一舉卻大模大樣地教某些可以「忽悠」的來賓如何挑選食物、如何使用某種特殊餐具、如何鋸牛排等等。餐後，還有沖茶倒茶、派發紙碟和吃水果和甜品的刀叉，清理廚房和洗滌餐具等雜務可做。這類身份切換的樂趣在其他飲食場合是不容易找到的。阿田和阿華都喜歡切

換他們的角色。

第四、盤滿缽滿的美食。安達家使用的餐具比一般人家所用的都大。大瓷碟，大碗公、大鋁箔盆、大紙碟、大湯勺、大湯匙、大叉子。擺上廚房的菜餚都是盆滿缽滿的，有來賓帶來的，有安達和瑪麗親自製作的，一眼望去，形形色色，宛如萬邦來朝。中島擺不下的，會放到廚房內的餐桌上。仔細觀察這些來自四面八方的菜餚，有如諸子百家、百花齊放。最搶眼的通常是駿傑夫人嬙美或荀子夫人美娃親自炮製帶去的紅燒大蹄膀。美娃煮的一大鍋醃篤鮮也曾經是廚房中島上的大亮點。不過這兩樣菜餚阿華都不敢嘗試，錯過了這份口福。她首選的通常是葷邊素，其他人則多選素邊葷。但阿華一定會在自己的碟子上加一些阿田帶去的涼拌菜或泡菜，表示對阿田的捧場。阿田逐漸走涼拌和泡菜兩條路線後，帶去的食物包括涼拌涼瓜、涼拌素腰花、涼拌小青瓜、涼拌牛孖筋、涼拌沙爹豆乾絲、涼拌辣芒果條，高麗菜泡菜、什錦泡菜、紅白蘿蔔泡菜、沙葛泡菜等。阿田烹飪路線的更改跟阿華訂下的廚房使用規則有關。炮製涼拌菜和泡菜都不會產生油煙，符合保持廚房乾淨的要求。

第五、善心雙贏打包回府。聚集在廚房做清理和洗滌工作的來賓多數是女性。她們和女主人一邊清理吃剩的食物，一邊把剩餘物裝進食物盒或拉鏈食物袋內，以便各家帶回去。女主人說，這樣打包回府是慈善之舉，免得她的冰箱「爆棚」。帶回去的食物可以吃一、兩餐，因此也是雙贏之舉。阿華喜歡這種福利，這樣阿田可以少煮一、兩餐，廚房的清潔工作便可減少了。原來口福和其他福利有時是有連帶關係的。

阿田和阿華婚前是兩人「外食」的頻密期。「外食」餐館就是兩人的約會地點。兩人都在地鐵樂富站附近上班，下班後經常在樂富中心或附近的大家樂、大快活、美心等快餐店共進簡單晚餐。餐後，兩人會一起逛逛商場或在街上溜躂一陣子，然後阿華就會匆忙回家餵她的寶貝咪咪貓。阿田有時陪她回家，有時回自己家陪兒子。

兩人偶而光顧尖沙咀海港城和尖東區的中西餐館，有時候是跟阿華的親友或阿田的中學兼大學同學相聚共餐。然而，兩人在以後二十多年的歲月裡經常津津樂道的卻是在跑馬地或尖沙咀印尼餐廳吃過多次的黃薑飯、烤蕉葉椰汁魚漿條（Otak-Otak）、印尼炸雞、巴東牛肉、印

尼大蝦片，特別是各式印尼糕點。這些印尼食品在多倫多幾乎是吃不到的。

阿田和阿華都不是嘴刁的人，兩人口味雖然不盡相同，卻能互相協調、互相牽就對方，因此無論在香港、臺灣或多倫多的中西餐館和快餐店，都能各自如願吃到自己喜愛的美食。阿華少吃肉，但可以吃葷邊素。她怕豬肉臊味，但可以接受其他肉臊味。根據這方針點菜，就可輕易找到兩人都能享用的菜餚。阿華不吃或少吃的食材包括排骨、豬手、鳳爪、豬紅、豬耳、豬頭、豬大腸、豬排、豬肝、豬肚等，不論怎麼料理，她都少吃或不吃。其他食物，阿華吃的，阿田也會吃。兩人都吃的食物種類繁多，不勝枚舉，特別喜愛的包括炸鵪鶉、星洲炒蘿蔔糕、龍蝦伊麵、鴛鴦炒飯、樟茶鴨、韓式石鍋拌飯。西式糕點也是阿華愛吃的食品。阿田在血糖升高後，面對阿華享受甜品時，對那些甜品是視而不見，只見阿華的歡顏和開心。

多倫多是北美洲的美食天堂，各式餐館，遍佈各處。「飲食達人」安達身居其中，如魚得水。他熱心辦「大食會」之餘，食慾愈來愈強，雄心勃勃，老希望發現甚麼

「新大陸」，便不時尋尋覓覓，風塵僕僕地做實地調研，一有心水（註2），就會通告原班各家中學老友，擇日去選定的某餐館聚餐。安達準備點的主食可能是帝王蟹三吃、大白鱔中式料理、八磅左右的巨大龍蝦、乳豬拼盤、冬瓜盅、八寶鴨、黃旗斑、琵琶鴨，需要預定。不過這是較後期的「外食」活動內容，以前，大家去過許多粵菜、川菜、湘菜、東北韓菜、臺式融合菜餐館和星馬泰、意大利、美式餐館，這些「外食」活動，阿華和阿田一定參加，而且不曾單獨出席。

如有中學同屆校友自美國來多倫多，在地的六家校友便會扮演聯合東道主的角色，連日宴請訪客品嚐各類美食，讓訪客體重最少增加數磅才跟他們說「後會有期」。當然，阿華和阿田如此頻密地外食，除了口福之外，身體也難免發福。

阿華和阿田沒有參加阿田中學全球校友會在多倫多舉辦的七十桌聯誼聚餐，但有出席在同時期舉辦的中學同屆校友的粵式茶聚和自助餐。安達夫婦也特地在他們家為來訪的中學同屆校友舉辦場面特大的「大食會」。所謂「校友」，當然包括校友的配偶。阿華在自助餐會和「大

【註2】「心水」是粵語「好想法」、「好念頭」的意思。

食會」上認識了幾個以後有聯絡或密切交往的朋友。她對阿田說，置身這類場合，就會明白甚麼叫做「眾生相」。有的很有趣，有的很感人，有的很「無哩頭」，這類聯誼活動，除了可讓人大飽「口福」之外，還可大飽「眼福」呢！這是題外話了。

阿田和阿華到了臺灣，便盡量避免吃廣式餐，臺北雖有數家夠水準的粵菜館和茶樓，一般打着粵菜招牌的較小餐館，多數連乾炒牛河都不道地。兩人倒喜歡到大百貨公司的美食廣場吃臺式、韓式或日式套餐。一般人總認為牛肉麵、滷肉飯、蚵仔煎之類是臺式美食的代表，其實臺灣的各式早餐才多姿多彩，大有特色，令阿華和阿田嘆為觀止。許多臺式或半臺半西式早餐快餐店一大早就開門營業或從晚上開到隔天中午，供應的食品包括：各式三明治、半臺半西式漢堡、蛋餅、奶茶、咖啡、燒餅、油條、甜豆漿、鹹豆漿、米漿、小籠包、煎包、各式饅頭、蘿蔔糕、滷肉飯、炕肉飯等。臺式清粥小菜館所提供的全日早餐食品，更是琳琅滿目，令食客大快朵頤之餘，回味無窮。至於遍佈大街小巷尾的幾家二十四小時營業的連鎖便利店，也是吃早餐的好去處。當然還有美式連鎖漢堡和炸雞快餐店所提供的早餐。阿華和阿

田人在臺灣時，每天的口福，由早餐開始體驗。

當然，有不少食品在臺灣是不容易吃到的。其中包括：
印度／巴基斯坦食物如泥窯烤雞（Tandoori Chicken）、
咖哩角（Samosa）、炸薄餅（Papadam）、雞肉香料飯
（Chicken Biryani）、烤餅（Naan）、各式炸雞／烤雞／
炸魚、牛油雞（Butter Chicken）、加勒比海式薄餅
（Caribbean Roti）、牙買加煙燻烤雞（Jamaican Jerk
Chicken）、中東沙威瑪（Shawarma）、墨西哥捲餅
（Burrito）、墨西哥玉米夾餅（Taco）、希臘式串燒肉
（Souvlaki）、潛艇三明治（Submarine Sandwich）、街
邊檔熱狗（Street Hot Dog）、土耳其酥皮果仁蜜餅
（Baklava）等。

顧名思義，「家常食」是指日常三餐或四餐的伙食，內
容包括偶而從外面食肆買回家或打包帶回家的熟食，但
多數是自家料理出來的食物，與「外食」構成伙食的兩
大範疇。阿田和阿華移居多倫多後，廚房較大，買熟食
不像香港那麼方便，加上更注意飲食跟健康的關係，便
盡量多吃自家烹飪的伙食，以避開外面高鹽、高糖、多
油的食物。阿田久不久就會做西洋菜蝦肉魚漿餛飩、福

建潤餅（微煎或不煎）、涼拌涼瓜等涼拌菜、印尼花生
醬雜菜沙律、不捲不握材料鋪面的壽司飯等頗有特色的
家常食品。

在臺灣短住時，則從不放過買龍鬚、過貓、雙耳菜等野
菜，水煮後涼拌或加蒜泥炒雞絲來吃。有時也吃即食湯
麵或涼拌蕎麥麵，配上清燙芥蘭苗、奶油白菜、西洋
菜、A 菜或大芥菜等蔬菜，加上皮蛋、西式冷雞絲、雞
肉片或牛肉片。涼拌醬則是阿田用沙嗲醬、花生醬、蒜
蓉辣椒醬、醬油、麻油、魚露等獨家炮製出來的。偶而
才吃冷凍水餃或餛飩，因為這類冷凍食物多數高鹽、高
脂和高糖。披薩除高鹽、高糖、高脂之外，還含高反式
脂肪，雖然到處可以買到，但很少吃。漢堡王（Burger
King）的招牌牛肉漢堡包和炸薯條也是兩人喜愛的快
餐。

阿田認識阿華前，主要的「零食」是甘草瓜子、豬肉
乾、牛肉乾、大溪豆乾、花生、炸蠶豆等鹹「零食」，
甜品主要是雪糕、雪條、果汁、汽水等。阿華很早就透
露自己很愛吃黑巧克力。阿田有一次上她家，她從冰格
內拿出一包黑巧克力餅乾。她等巧克力稍為軟化而餅乾

還冰涼的時候，遞了一片給阿田吃。阿田連連說好吃，說他沒吃過這麼好吃的餅乾。他跟著問阿華還喜歡吃甚麼零食。阿華隨便說了幾樣，包括年貨糖椰角／椰片，西式糕餅，還有堅果。

有一次，阿田用一個寬口大玻璃瓶裝滿各式小零食，作為當日探訪她的伴手禮。阿華雙手捧著玻璃瓶慢慢轉動，雙眼釘着裡面的零食，將知名的逐樣唸出來：腰果、核桃、杏仁、榛子、栗子、夏威夷果仁、山核桃、日式小脆米果；綠的、白的、米黃的、立方的、圓的、片狀的、條狀的、枕頭狀的、柱狀的、葡萄乾、瑞士糖、迷你裝瑞士牛奶巧克力、薄荷糖、咖啡糖。

阿華唸完後長長地「嘩」了一聲，然後望着阿田說：「超級雜錦！令人歎為觀止！你花了多少時間才裝滿它的？很有創意呀！」

阿田說：「沒有算。找到甚麼就放進去，放着放着就滿了。」

阿華說：「謝謝你了！我喜歡！你也要幫着吃喔！」

阿田說：「會的。但也會繼續補充，讓它常滿，大家天天都有得吃！」

有一天，阿田建議多買南洋出產的水果吃，可增加飲食樂趣。阿華有些沒吃過，自然贊成。

兩人先從榴槤開始。阿華對這號稱「果王」的熱帶水果一見鐘情，一試便上癮了。跟著兩人先後嘗了「果后」山竹、紅毛丹、象牙芒、人參果、大樹菠蘿、番石榴等。

此後，兩人不管在哪裡，看到甚麼果類是沒吃過的，一定買來一試，不喜歡的，試一次就夠，喜歡的，會重複吃。在香港吃的有連心果（duku，又叫泰國黃皮）、泰國紅肉西施柚等。

在臺灣吃的最多，有火龍果（紅皮白肉、紅皮紅肉）、百香果（至少三種）、小玉西瓜（有紅、黃、橙三色）、酪梨、芭樂（又叫番石榴，有紅肉、白肉兩種）、蛋黃果、文旦、香瓜、巨峰葡萄、蓮霧、釋迦、愛玉（以愛玉凍形式食用）、土鳳梨（較小較酸）、芒果（有土芒、愛文、金煌、凱特等多種）、柿子（有石柿、筆柿、牛

心柿、蘋果柿等多種）、小番茄（玉女、帥哥小明、橙蜜香等多種）、青蜜棗、木瓜、楊桃、椪柑（及其他柑桔品種如柳丁等）。

在多倫多吃的也不少，有泰國蕉、粉蕉、大蕉、帶殼連肉椰子水、牛油果、枇杷、藍莓、草莓、無花果、毛桃、桃駁李、各色肉李、各類葡萄、各類蘋果、各類柑橘橙、各類水梨、各類啤梨（Pear）、杏果、西梅、奇異果、木瓜、各類甜瓜（包括皺皮瓜（cantaloupe）、聖誕老人瓜、哈蜜瓜、蜜瓜等多種）、火龍果（紅皮白肉、紅皮紅肉、黃皮白肉）、無花果、小柑橘、沙糖桔、刺果番荔枝（soursop）。兩人把果類列為「半零食」，除了柑桔類水果、木瓜、水梨、蘋果、皺皮瓜等升糖指數較低水果外，阿華和阿田都不在餐後或餐前食用。牛油果（酪梨）有時當作正餐的一部分，芒果和木瓜除了當水果吃之外，也偶而用來做涼拌菜。至於兩人以前喜歡吃的荔枝和龍眼，因含糖量高，而且常在果頂發現奇怪異物，十年前便已避之則吉了。

據說華夏古代有一群人專門嘗百草，沒中毒而活下來的後人美其名為「神農氏」。其實，阿田和阿華也算是當

代的「神農氏」，兩人嘗的不是百草，而是百果。都沒中毒身亡，當然可以封神。兩人嘗百果後達成一個珍貴的共識：大多數果類都有獨立的果格和特殊的果品，不宜淪為正餐的附庸，應該獨樹一幟，列為「零食」或「半零食」，不求吃飽，但求吃得過癮。

在新冠瘟疫大爆發期間，阿田和阿華的戶外活動幾乎只剩下一個不變的節目：健行到超市購買食物和家居用品。將近三年，超市和住所間的來回，成了固定模式，可變的是嘗試沒吃過或多吃以前少吃的食物。家裡的「零食」因此愈囤愈多，達到匪夷所思的地步。

阿田有時候會對阿華說：「零食太多了，要趕快吃。」

阿華有一次回答說：「零食多才好。零食多是夫妻融洽相處的秘方。你想想，吃都來不及了，怎還有時間吵架呢？」

阿田說：「那也不一定。吃相難看可能令對方吃不消啊！你不是常說我的吃相不大優雅嗎？」

阿華說：「你經常把食物屑弄得滿桌面或滿地都是。你吃東西過分專注，經常出現鬥雞眼。不過蠻有趣的，也蠻可愛的，百看不厭，也不會影響胃口。」

「小食」通常不是甚麼極品美食，而是有點粗俗或粗糙的食物。每份份量不大，吃一份算「小吃」，吃多份則可當正餐。因城市規劃的不同和飲食文化的差異，不同城市有不同的「小食」供應地點。像多倫多，市中心有幾個「小食專區」和超市形式的「小食店」，此外只有停在固定地點的熱狗攤以及雪糕車和快餐車。住宅區的橫巷裡是不准有「小食店」的，但不排除雪糕車進去兜一圈做生意。各城市的老居民不難找到市內的「小食店」、「小食攤販」和「小食車」。但對造訪某城市的旅客來說，如果沒有識途老馬帶路，短短兩天或三天遊是不易發現當地特色的「小吃」。這是北美洲城市的共同點。

臺灣可不一樣，幾乎每個市鎮都有一條老街或一個或數個夜市，這些地點就是「小食樂園」。臺北更不得了，大街小巷，不管是商圈還是住宅區，都能見到「小食店」或「小食攤」。尋找「小吃」的活動就像獵食一

樣，但用的不是獵槍，而是銳利的雙眼、聰靈的雙耳、敏銳的鼻子和健壯的雙腿。臺北的各種「小吃」多姿多彩，有常見的，百見不厭；也有罕見的，可遇而不可求。在臺北的街上走，只要腳力夠，隨時會碰到新奇食物，包括「小吃」在內。阿華就因為這點而喜歡在臺北逛街。當她取得三年期的依親（依阿田，阿田有中華民國臺灣護照）居留證那天，非常開心。可惜大瘟疫跟着爆發，讓她根本沒機會使用過這張居留證。

在臺北，如果遠遠見到有人排長龍，那肯定不是等採取鼻黏液做新冠病毒的核酸檢驗，而可能是輪候買甚麼「小吃」。阿華和阿田有一次就是為了買水煎高麗菜包而排在一條長人龍的後面。

阿田和阿華去臺灣探訪兒子和其他親友，多數在臺北居留，有時也去其他市鎮小住旅遊。在臺北居留期間，兩人總是興緻勃勃地出門，搭公車、捷運、或步行，展開一日或半天的活動。在臺北鬧區的商圈，活動目標分購物和覓食兩大類。購物活動分頭進行，阿華去逛服裝鞋帽商店或賣場，阿田去逛書店，然後在約定的時間地點會合，一起尋找「外食」。兩人有時會看中某家餐館，

包括臺式自助餐館，便進去用餐。但多數找小吃店吃各類「小吃」，其中包括：蚵仔煎、碗粿、魷魚羹、擔仔麵、魚酥羹、滷肉飯、肉圓、臺式炸臭豆腐、蚵仔麵線、各式鍋貼、臺式米粉炒、切仔麵、小南門花生豆花、仙草冰、各式冰沙等，也常在「小食」店攤買些「小吃」，在附近找凳子或石墩坐下來享用。兩人透過這種「獵食活動」嘗過無數的「小吃」，其中包括：蘿蔔絲餅、胡椒豬肉餅、水晶蛋黃酥、芝麻／花生麻糬、紫米飯糰、高麗菜水煎包、韭菜餅、小煎包、客家五彩草仔粿等。

若把在農夫市場、多個大小夜市、多條市鎮老街吃過的「小食」也算進去，還包括：潤餅、章魚丸、大雞排、狀元糕、烤地瓜、糖炒栗子、爆米花、九層塔蛋餅、豆腐冰淇淋、糯米腸、豆沙紅龜、紅龜粿、烤杏菇、鹽酥雞、各式滷味、芋頭冰棒、芋頭冰塊、珍珠奶茶、烤魷魚片、炸魷魚、賴阿婆芋圓湯、阿給腐皮粉絲、金牛角麵包等。

其實，真正的口福，不在吃遍天下的美食，而在碰到甚麼就吃甚麼。口福也未必是享用山珍海味所得到的滿足

感，而是吃到簡單平凡的食物所感覺到的喜悅。真正的
口福來自容易滿足的心態。真正的口福更來自兩人能夠
分享相同的食物而得到同樣的喜悅和滿足。在愛情的脈
絡上，口福的滿足是一個互相了解、互相協調、互相牽
就的漫長歷程。

第六章

訪客

阿華和阿田居住的里維拉公寓樓共十四層，每層有十六戶。各戶人家各有自己的小天地，平時很少來往，也只有少數人家才有互訪之舉。但居者在廊道上、電梯內、樓下大堂內或戶外園區碰面時都會禮貌地互相打招呼。天氣宜人時，則經常有幾個單身女居者在大樓門口外或園區較遠的長凳上聚坐閒聊。阿華進出大樓時碰見她們，有時會停下來跟她們聊聊。她們所談的多是樓內的八卦傳聞。阿華對這類傳聞興趣不大，總是逗留片刻便離開，但有時會把聽來的「趣聞」轉告阿田。

阿田曾對阿華說，這種聚會很像他小時候見到的「串門子」活動。兩人於是談起小時候的生活點滴。兩人都有類似的記憶：有些鄰居或親友會不期而來，上門跟大人閒坐、閒談，往往一坐就是一、兩個小時。這就是所謂的「串門子」。那時代電話還未普遍，上門的多是不速之客。那時代，電視也還沒成為必備的家庭電器，閒坐閒談及分享八卦傳聞便成為消磨時間的娛樂節目了。有些大人閒聊的內容小孩子也是有興趣聽的，阿華和阿田都曾故意在大人聊天附近玩耍，偷聽一些「兒童不宜」的內容。

阿華說，她家的大人經常跟某些親友或鄰居一邊打牌一邊閒談，純粹來閒坐閒談的「串門客」較少。

阿田說，他十二歲移居香港前一直住在印尼雅加達。來「串門子」的左鄰右里或親友，多數是大人，但前後街其他人家的小孩在大人不在家或忙着做家務的時候，有時也會來「串門子」，跟他和幾個胞弟堂弟交換鬥蟋蟀、鬥風箏、追逐斷線風箏、鬥陀螺、鬥彩雀魚、打玻璃彈珠之類的戰果和心得。

阿華和阿田小時候所知的古早「串門子」現在已成昨日黃花。報刊、廣播和電視等大眾傳播媒體逐一興盛後，一般人都會把部份空閒的時間花在閱讀、聆聽、和觀看各類媒體上面，「串門子」的風氣便逐漸消失了。

行動電話普及後，「串門子」以數碼版的形式再現。透過 WhatsApp、Signal 等軟件所提供的社交平台，手機用戶可進行兩人間或一個群組間的「串門子」活動。網絡時代的「串門子」多姿多彩，不是從前「口水多過茶」那種古早味所能比。非即時互動的有音訊和文訊。即時互動的有通話和視像交談，可以是單對單進行，也可以

在群組內進行。另外還可轉傳圖像、視頻、音頻以及各種網站連接。

然而，這些數碼化「串門子」活動都不是面對面的互動。參與者聽不到其他參與者的呼吸聲，聞不到對方的體味和香水味，嗅不到對方的汗味、口臭和失控的屁味，更不能跟對方共享同樣的飲料和食物。缺少這些元素，人和人之間的互動便不算完整，缺乏原汁原味和帶有溫度的直接溝通，更不易建立起密切的交往關係。

阿華和阿田的家一向歡迎訪客。來訪的親友，不一定是兩人原來都認識的。有些是阿華先認識的，有些是阿田先認識的，也有些是兩人同時認識的。阿華一定把阿田的親友當作自己的親友，阿田也同樣把阿華的親友當作自己的親友。這種歡迎的姿態令所有訪客都有賓至如歸的感受。兩人很長一段時間在家透過互聯網平台工作，雖然也曾在傳統職場上工作，卻沒有頻頻轉職，因此認識的人不多。倒是阿華常會因光顧某家店舖而結識店老闆娘或店員，其中幾個曾經受阿華邀請到訪。

阿華和阿田住在北約克區的出租公寓單位時，兩人忙於

上班或在家工作，新認識的朋友不多，也沒多餘時間招待居住在多倫多的老友，因此很少訪客。跟阿田中學大學同學和來自香港的友人聚會，都會選在一家餐館進行。那時期的主要訪客只有阿田的父母。他們從三藩市灣區來，對他們來說，探訪長子、大媳婦和長孫，是椿頭等大事。阿華和阿田知道阿田的爸爸（田爸）不便走太多路，便租了一輛輪椅，出門時他坐在上面，其他人輪流推着。兩個老人家在多倫多住了十天，因為沒有車，主要活動範圍只限於住家附近。一家五口去過附近幾家中餐館。阿田和阿華還雇了一輛白牌車，到多倫多市中心唐人街等景點兜了一圈，也去了尼加拉瀑布。田爸有高血壓、糖尿、痛風等長期病患，阿田的媽媽（田媽）對他的飲食控制很嚴，常餐不外讓他吃青菜一中碟、蒸魚一小塊、飯一小碗、牛肉湯一小碗。在多倫多逗留期間，田媽給他的常餐仍是例牌貨色。但大家都認為可稍為破戒，讓他吃些「野味」。田媽只好解除禁令，於是，田爸先後嘗了水牛城雞翅膀、乾炒牛河、星洲炒米、咖喱牛肉酥、港式麵包、韓式滷元蹄、韓式煎魚餅等本來就是很普通的食物。他吃的份量不多，可是津津有味，大有不枉此行的滿足感。

阿田一家人搬到買下的里維拉公寓樓的單位後，遠方和本地的親友紛紛先後到訪。遠方訪客最先來的是阿華的長子頌仁，跟着是她的次子頌義。兩人在臺灣都有工作，只能在多倫多逗留十到十四天。頌仁和頌義都有臺灣的駕駛執照，來到多倫多後都租了幾天車，以便更順暢地遊覽多倫多市區內的主要景點、地標、文化場館、百貨公司、超市、商場等。阿華和阿田也帶他們乘搭一日遊的旅遊車去尼加拉瀑布或參加加拿大東部三日遊的旅行團去渥太華、魁北克和蒙特利爾等城市。永訢要上課，通常只參加餐館的聚餐活動，光顧了幾家北美式連鎖餐館。

頌仁和頌義對移居多倫多似乎興趣不大，也許他們不想離開他們熟悉的工作、生活、文化環境和在臺的朋友。他們當時都未婚，親母和繼父都是加拿大國民，申請移民可加移民分，但這點對他們並無吸引力。也許他們認為在加拿大找工作不容易。頌仁是讀書材料，卻沒有在北美洲繼續進修的打算。也許他缺乏他母親的探險精神。幾年後，頌仁在臺灣結婚，阿華赴臺參加婚禮，他不願離開臺灣的主要原因才真相大白。他熱心基督教會的活動。他的妻子珀珊是他的教友。他求婚時，未來岳

父開出的條件是：他必須承諾不帶他女兒離開臺灣才可娶他女兒。一年後，頌義也結婚了。他的未婚妻佩佩經營手機零售業，要頌義承諾不離開臺灣才答應嫁給他。頌仁和珀珊婚後一起來過多倫多一次，在阿田和阿華家住了幾天。此後，阿華和阿田經常去臺灣探訪頌仁和頌義，他們也就沒再來多倫多了。

其他來自香港和美國的訪客，多是來旅遊的，其中包括阿華在香港的中學教師同事艾岱，阿田的妹妹悠悠和妹夫中立及他們的一子一女，阿田的媽媽，永訢的香港女朋友、阿華的香港中學學生芸妮和她的朋友彩思，都曾先後在阿華和阿田家住宿幾天或較長時間。如果訪客只住兩、三天，阿田便會向報社請假跟阿華一起陪來客遊覽聚餐。如阿田不便請太多假，晚上時間便由阿華陪來客，逛旅遊地點、商場、百貨公司、超市，或留在家裡進餐、吃零食水果、聊天、看電視節目。為了安頓這類住宿訪客，阿華和阿田除了一早購置了一張雙人沙發床之外，後來還增購了一個可鋪在地上的單人海棉床墊和一張可摺疊鐵骨尼龍床。阿田妹夫一家四口到訪時，所有可睡的床具都沒空着，永訢赴美後，訪客可睡永訢房間，有些後備床具便用不著了。

嚴格講，這類住宿訪客來訪期間，主客雙方都相聚甚歡，極度興奮，阿田有時還親自買食材、親自下廚做菜。他們來得快，走得快的，像一陣風，也像曇花一現。他們走後，阿華和阿田都覺得鬆了一口氣，也有些惆悵，不知何日君再來。

然而，有些本地訪客卻是不停地再來。這星期來，下星期來，甚至，今天來，明天或後天又來。有些訪客到訪沒這麼頻密，可能隔幾個星期或幾個月才到訪一次。

依莉和喬丹

最頻密到訪者是依莉，她是阿華在香港任教中學的同事艾岱的姪女。依莉在溫哥華西蒙弗雷澤大學取得博士學位後，獲多倫多大學商學系聘為經濟學教授。阿華知道依莉要來多倫多後，便對艾岱說，永訢去了波士頓進修，他的房間空着，歡迎依莉來暫住。依莉就在那房間住了十多天後才搬去一個出租的公寓單位。

那是 2003 年夏天。依莉搬去出租公寓後，約好每周到阿

華和阿田家吃一頓便飯。依莉是個開朗、坦誠、健談、思想敏捷、博學多聞的知識分子，年齡跟阿華和阿田的三個兒子相近，每次跟她相聚，都讓阿華和阿田倍感親切。那時期，阿華的「廚警」角色還未彰顯，任由阿田為所欲為，燙、燉、蒸、炸、煎、炒、叮（微波爐），無所不用其極，各種菜色層出不窮，不論有譜無譜，三人一一嚐試，齊齊當白老鼠。飯局通常不到一小時便結束了。阿華、阿田和依莉分頭清理餐桌和洗滌餐具後，阿華便端出水果和零食，飯餘聊天時間隨即開始。童年事、家事、學生事、工作事、天下事、雜聞、趣聞、八卦傳聞，天南地北，無所不談，構成無數令人回味無窮的歡樂時光。這類每周例行的類天倫之樂的活動，一直持續到 2006 年依莉結婚之後。依莉的丈夫喬丹因要照顧母親，偶而才陪依莉到訪共餐。依莉甚至在懷孕初期也常來聚餐。依莉分娩時，阿華全程在產房陪伴她。這安排是阿華事前向依莉提出的，依莉毫不猶豫便接受了。

依莉每隔一段時間便會請阿華和阿田上各類餐館吃晚餐。阿華和阿田也會回請。餐後順便逛逛商場。阿華見依莉家一面牆掛着四幅巨大的日本女仕拼圖，引起她玩拼圖遊戲的念頭，就趁逛玩具店的時候開始選購貓拼

圖。她每當翻譯工作告一段落後，便興緻勃勃地在餐桌上聚精會神地拼她的貓圖。她的大兒子頌仁知道她這嗜好後，也多次從臺灣寄些較小幅的貓拼圖給她消遣。

每年中秋、聖誕、農曆新年等節日，雙方都會互送糕餅、糖果、茶葉等禮物給對方。依莉的父母多米和芭菈多次從溫哥華或香港來探訪依莉，也都會跟阿華和阿田相聚，兩家關係密切，有心照不宣的成份，也有交換禮物的互動。多米夫婦在大兒子從香港移居多倫多後不久，便來多倫多探訪兒子和依莉兩家六口，居住在溫哥華的女兒女婿和外孫也來多倫多會合，阿華和阿田便邀請多米三代全家福到一家餐館聚餐，場面宏大，氣氛熱烈，賓主盡興。

依莉結婚前便購置了一個公寓單位，阿華和她各自多配了一條自家公寓單位的門匙和信箱鑰匙給對方。任何一方外遊時，另一方便可定期上門查看室內有無異常狀況需要處理，並收集信箱郵件。依莉婚後，阿華和阿田不再上她家查看，但依莉仍在阿華和阿田赴美、港、臺時，上阿華和阿田家查看和收集郵件，這樣的安排十多年不變。

有一個時期，永訢的中學同學德力也是阿華和阿田家每週飯局的例客。德力的模樣很像縮水的金正日，卻是敦厚純樸的虔誠基督徒。他沒在每週飯局出現幾次後，一時失去了聯絡。阿華和阿田曾在前往超市的人行道上碰見他，那時候，每週飯局已經不再開設了。

美娃和荀子

荀子是阿田的中學和大學同學。荀子赴臺升學，除了獲得學士學位之外，還娶得一個高挑的美嬌妻。論身高，兩人似乎一般高，雖稱不上頂尖，確是高於許多一般人，像阿華和阿田之流，在他倆面前，只能算是高大的小矮人。有一段時間，這兩高兩矮的四人組經常出入多倫多市內的超市、商場、百貨公司、餐館等場所。用完餐，逛完超市等場所後，這四人組便會在阿華和阿田家繼續相聚，通常先在廚房餐桌享用買回來的甜品，然後移師客廳，或聊天、或聽音樂、或看電視。賓主同樂的時光，通常持續一小時以上。

美娃最喜歡的甜品是芝士蛋糕，經常買一個十吋的來

吃。他們兩夫妻可以吃掉大半個，其餘大約四分之一由阿華和阿田分享。阿田的血糖在糖尿病邊緣，只敢吃薄薄的一片。阿華也很愛吃芝士蛋糕，卻過度自我克制，不敢暢所欲食，頂多吃十吋糕的四分之一的三分之一。剩下的四分之一的三分之二，她會裝進一個食物盒，然後放在冰格內，改天分兩次享用。對甜品的食量，阿華跟美娃相比，簡直是小巫見大巫。

美娃既豪爽又豪放，既率真也無邪，不刻意掩飾自己的喜怒哀樂，達到有話就講、有屁就放的境界，是性情中人。荀子五官端正、眉清目秀、口齒伶俐，觀其貌、聽其言，便知是善良之輩。擅長講笑話和小故事，也很會講新加坡英語。阿華和阿田跟他們相處，可無拘無束，如沐春風。

荀子夫婦分別在兩家工廠工作，經常約阿田夫婦共度一個周末黃昏和晚間。有一個時期，美娃受同事蓮娜的影響，迷上了交際舞。兩夫妻使拖阿華和阿田下水。一到選定日子，荀子便開車接阿華和阿田上蓮娜推荐的一家餐舞會館。美娃和荀子跳得很開心，也吃得很開心。四人的吃相和總食量顯示，如此吃喝玩樂，絕對值回票價。

阿華會跳多種舞，但從沒跟阿田跳過舞。上會館前，她已在家裡客廳內教阿田跳慢三步和慢四步。在舞池內，兩人果然可以共舞了。不過阿田的肢體動稍嫌僵硬。他對阿華說，不好意思，我不是好舞伴。阿華說，沒關係，多練習就會進步了。阿華和阿田大部分時間只觀看他人跳各式各樣的交際舞。兩人去那會館四次後就沒再去了。

荀子夫婦的外孫女出世後，兩人成為女嬰的保姆，持續多年的四人組活動便在兩人放保姆假的日子才能重溫了。然而，如有老同學聚會，荀子仍照舊先到阿華和阿田家，接他們上車，然後去目的地，散會後，又專程送阿田夫婦回家。

大瘟疫爆發後，幾家老友都沒再聚會了。阿田多次對阿華說，他很想念美娃拿手炮製的臺式牛肉麵。他也開玩笑地對阿華說，美娃老說她喜歡畫她老公的裸體，卻遲遲沒亮出任何作品。咪咪貓去世後，她跟據阿華給她的一張相片，卻很快完成了一幅油彩畫。可能是咪咪貓雖然裸體，卻有長毛披身，而荀子的體毛既不夠密也不夠長，裸體寫真恐怕暴露太多。

怡媞和百德

利維拉公寓附近兩條大馬路交界處有一家藥房，內有郵局，並代售公車局車票，是阿華和阿田常去的場所。兩人就是在這藥房認識怡媞的。怡媞是藥房內唯一的華裔配藥員，用廣東話跟阿華和阿田交談，雙方很快就熟絡了。碰到有某種藥缺貨，怡媞就會趕緊向藥商追訂，然後在下班後親自將訂到的藥送到公寓樓門口交給阿華。怡媞是她丈夫百德開車載她來的，於是阿華就認識了百德。

阿華和怡媞經常交換小禮物。更加熟絡後，她和百德經常每隔幾個星期便在周末約阿華和阿田去城市廣場、太古廣場、集友商場、大超市熟食部或其他食肆共進午餐或晚餐。通常是找到座位後，兩對夫婦分頭選購餐盒，每對夫婦各自分享買來的餐盒。這樣的聚餐代替了互訪，省掉許多烹飪和餐後收拾餐桌、洗滌餐具的工夫，卻可享受進食、交誼和聊天的歡樂時光。初時，四人上餐館點幾樣小菜共用，後來發覺，遷就各人口味實在費力而不討好，便改弦易轍，乾脆各買各自喜歡的餐盒，比較省事。餐後，四人會順便去附近的超市或其他商店

購買食物和雜貨。這樣的交往在瘟疫爆發後不得不終止。

桂芳和大川

桂芳是阿田在報社新聞翻譯組的同事，阿華在該報社做兼職代工時也認識她。她第一次到訪阿華和阿田家卻是在她離開報社之後。那時她在塞內卡學院進修資訊師課程。那天，她帶了兒子雨果來，讓阿華當白天鐘點保姆。以後，阿華當了幾次保姆。

阿華除了要安排午餐外，還要安排一些娛樂節目，讓雨果到訪的時光沒有空檔。首選是帶他到公寓園區的戶外泳池去游泳或玩水，次選是給他看兒童恐龍書，再次是跟他聊天和吃零食。阿田除了準備午餐外，當然不能袖手旁觀。他找了一些小陀螺之類的玩具教他玩，發覺都不耐玩，很快就玩膩了。最後，他想到玩隔空遠距離互擲襪球，雨果玩得很投入，整個人放浪形骸，彷彿乩童上身。

大川是一個電腦系統程式師，對電腦的許多硬軟件都有

精通的認識和掌握，阿田每碰到甚麼電腦的疑難雜症，只要他出馬，沒有不能解決的。他也是一個巧手工匠，除室內外的修理工作外，也擅長製作各類家俬，特別是木材家俬。他每次到訪，如同大救星光臨，阿華會把家裡廚、廁、門、窗、牆等處損壞的設備讓他審視，聽取他提出的修補方法，做一些實在的修理工作。他還特地親自製造了一具精緻美觀的雙層木條長矮架，送給阿田和阿華，擺在客廳裡放置雜物，成為客廳裡的一個亮點。

大川一家三口有多次來阿田和阿華家聚餐，他們會帶些外賣熟食來，阿田則親自煮幾道菜，有時也互贈小禮物。聚餐地點有時轉到餐館，大川的父母來多倫多探訪他們時，也曾跟阿華和阿田一起飲茶。川爸是香港中醫，專攻痔瘡，很健談，阿田和阿華享受美味茶點之餘，同時也吸收了不少珍貴的痔患知識。

大川一家三口後來頻密參加基督教會活動，跟阿田和阿華的交往一時中斷。大瘟疫爆發前一年，大川在萬錦廣場一家快餐攤前如獲至寶地發現了阿田，幾乎同時，桂芳也見到阿華。兩家人於是再續舊緣，重新密切交往。瘟疫大流行期間，不便互訪，不宜上餐館，大川和桂芳

仍有兩次跟阿華和阿田見面聊天。四人戴着口罩，圍繞
利維拉公寓園區的燒烤長桌而坐。

依蓮和婕妮

阿田的同事桂芳離職後，報社新聞翻譯組空出了一個座
位，廣告部的依蓮便經常來借用那座位，以便使用翻譯
組的電腦和字典。婕妮則是該報社《地產金頁》的編
輯，也是在桂芳離職後才來，坐在阿田鄰座。依蓮和婕
妮上白天班，阿田則下午五點才上班，因此三人只有一
兩個小時同時上班見面的機會。那時期，阿華仍偶爾在
翻譯組做代工，自然有機會認識依蓮和婕妮。依蓮來加
拿大之前在香港中學教中文，婕妮在香港中學教數學，
阿華在香港中學教英語。三人同是流落異鄉的過氣教
師，唏噓之餘，倍感親切。

婕妮的出現宛如曇花一現。她在該報社任職，純粹是
「騎牛搵馬」（註 1）的舉動。一找到兼職教師職位，便
立即辭去報社的工作。阿華找到美國駐沖繩島外國廣播
信息站的遠程漢英翻譯工作後，阿田也辭去報社工作，

【註 1】騎牛搵馬：意同「騎驢找馬」。

幫助阿華接下更多工件。依蓮在該報社繼續待了一個時期後才離開。她介紹了一家廣告公司給阿華和阿田，阿華和阿田也替該公司譯了不少廣告稿。阿華因此跟依蓮保持較密切的聯繫。

過了一段日子，阿華透過依蓮聯絡到婕妮，約來家裡聚餐。阿田照例下廚煮些菜餚並買些熟食，依蓮和婕妮則帶些水果和甜品來。四人一見如故，邊吃邊談，天南地北，舊事新聞，無所不聊，其樂融融。這樣的家居餐聚每年會有一兩次。三個女人有時則相約去飲茶或商場的美食廣場聚餐，餐後順便逛公司，這類活動阿田很少參加，即使參加，也只限聚餐部份。

阿華兩次修改遺囑都找依蓮和婕妮做見證人。最後一次是她癌症復發確診前兩個月。那天，她們三人先在名粵軒飲茶，然後到 Unionville 大街附近一個小湖繞湖走了一圈。

阿華去世後的第二年某日，依蓮和婕妮約阿田去名粵軒飲茶，然後帶阿田去大街附近的小湖繞湖走了一圈。她們告訴阿田，前一年同日，她們和阿華就在該餐館內，

以見證人身分在阿華的遺囑上簽名，然後三人去大街附近小湖繞湖走了一圈。幾個月後，依蓮和婕妮和阿田又再次重溫阿華繞湖的足跡。

逑夫和莘媞

逑夫和莘媞比阿華和阿田更早移居多倫多。逑夫是香港某半官方工商促進局的顧問，阿田也在該機構任職，屬不同部門，除了工作上有接觸外，兩人有時下班後會一起步行一段路才分手各自回家。

阿華是來到多倫多後才認識逑夫和莘媞的。阿田也是到多倫多後才認識莘媞。逑夫來加拿大後最初在黃刀城工作，後來回去香港某工業顧問機構工作了一段時間，並未成為真正大多倫多居民，但他逗留多倫多期間，夫妻倆一定找時間跟阿田夫婦相聚。

除了在餐館聚餐外，兩對夫婦有時也帶子女到對方家作客吃便飯、聊天、聽音樂。逑夫有一子黎明和一女蔚雅，跟阿田的兒子永訢年齡相近，三個年輕人在一兩年

內先後讀完中學進大學。幾個年輕人跟他們的父母一樣，都是西洋古典音樂愛好者。這類家庭聚會每次都在融洽和歡樂中度過。

逖夫回多倫多定居後，永訢和蔚雅先後大學畢業赴美國進修，黎明大學畢業後居家使用電腦透過互聯網工作。此後兩對夫婦仍久不久的相聚一次，有時約去飲茶，有時逖夫和莘媞到阿田家小聚。逖夫的舅父是退休的鋼琴教師，單身，居香港。逖夫回香港工作期間就住在他舅父家。兩人平時經常談論和聆聽西洋古典音樂。逖夫上阿田家，經常帶幾張特地複製的音樂光碟送給阿田，說是從他舅父珍藏的光碟複製的，其中有些是他舅父推荐的優質版本。莘媞是兼職華語教師。她比較喜歡談跟她工作有關的趣事。當然，聊天之餘，大家免不了吃些零食。

莘媞的母親從臺灣來多倫多定居後，偶爾也參加兩對夫婦的粵式茶聚。阿華在 1999 年接受癌症治療前，曾和阿田到蒙特利爾的天主教堂，祈求上帝的保祐，然後一起去灣區跟阿田的父母、妹妹一家人相聚。當時永訢正在日 本 修 讀 大 學 的 帶 薪 實 習 課 程（Co-Op Education

Program），阿華臨行前把咪咪貓寄放逖夫家，託莘媞的母親代為照顧。永訴也請了假從日本飛加州灣區跟家人相聚。阿華回多倫多後隨即接受化療和電療，幾個月後，病情受控，跟著是每三個月、半年、一年的定期檢查。十年後，醫生說阿華已完全康復。

逖夫決定回多倫多定居後，阿華鼓勵他應徵一份根據本地中文報寫英語新聞摘要的工作。在阿華的協助下，逖夫知悉了寫作這類文稿的竅門，順利地被錄取了。此後，他和阿華經常透過電話討論一些英語的寫作和表達技巧。經過一段時間後，這類討論不再頻密，成了偶然事件，因為逖夫早已成為寫這類中譯英新聞摘要的老手和高手了。

四人幫

所謂「四人幫」，是指志森、安達、荀子和阿田四個中學同學和他們的妻子所組成的八人群體，為了「久不久選一家餐館聚餐」的目的而組成。在餐廳聚餐可省掉在上任何一家人的家聚餐所引起的麻煩。

聚餐地點分佈大多倫多各區，所選餐館也各式各樣，包括粵、川、湘、潮、滬、臺、日、韓、意、美、星馬泰式等。伴餐的話題也包羅萬有，以輕鬆、有趣、怡情、賞心、悅耳為主，避免涉及政治。這類餐聚因此從頭到尾都在融洽氣氛下進行。這群體的女士們，特別是阿華和貝拉，很不喜歡餐桌上有人繞著某些政治話題而劇烈地爭辯起來。暢談政治話題是洪亮的嗜好，因此他和妻子素娘沒有跟四人幫構成五人幫。而當時駿傑還在上海工作，還沒回多倫多定居。因此四人幫仍是四人幫。

2003 年，志森、貝拉和保羅結伴到澳洲，準備去觀賞中北部（北領地）一塊叫做 Ayers Rock（或稱為 Uluru）的巨形砂石。

保羅是志森和阿田的中學和大學同學。志森和保羅在臺大住同一宿舍，志森讀機械工程，畢業後在香港工作一段時間後又到美國取得碩士學位。保羅在臺灣當了一段時間的土木工程師後，回香港經商，在東莞設益智坑具廠，於 90 年代，經常參加在紐約市舉辦的某個年度玩具展，也常順路來多倫多探訪中學同學，輪流做東道主聚餐。

志森以核能發電項目顧問的身份出差到中國時，經常在公餘和保羅一起遊覽大陸各處名勝景點，因為行程儉約克難，貝拉很少同行。這次遠征澳洲，貝拉卻罕見地參加了。

他們租了一輛吉普車，從北領地的達爾文（Darwin）市正式出發，沿高速公路南下，半途中，坐在後座的貝拉發現駕車的保羅和鄰座的志森似乎都睡着了，便發出警告，保羅連忙踩煞車，車子於是翻了一個筋斗，志森頭頸部受了重傷，保羅和貝拉則幸而無恙。

志森經過兩個多月的急救和手術後，由醫護人員陪同，乘機飛回加拿大，接受跟進治療和復健療程。然而他已經需要坐輪椅，而且需要裝上輸尿管。

此後，四人幫的聚會多數在密西沙加志森家舉行。志森雖然下半身癱瘓，食慾卻保持正常，但要使用特殊食具進食。他的頭腦清醒，思想敏銳，心情好的時仍然談笑風生。兩手手指雖然不能靈活使用，但配上小道具後仍可使用電腦進行股市和貨幣投資，而且常有收穫。

有一段時期，他努力做復健活動，希望能夠恢復站立的能力。經過多番嘗試後終於放棄。然而他的生存意志和貝拉對他無微不至的護理照顧都令他們所有親友非常欽佩。

阿華最後一次由救護車送急診室的前兩天，志森和貝拉到阿華和阿田家探訪阿華。這是阿華在世時到訪華田家的最後兩名訪客。

芸妮和彩思

芸妮是阿華在香港九龍某中學任教最後半年的學生，學生稱她為 Miss Wah。當時是 1992-1993 年，她是芸妮的班主任，只任教半年就移民去加拿大了。阿華是英語教師，曾將整個《The Phantom of the Opera》歌劇播放給全班學生聽，解說歌劇的故事和英文，生動風趣，當時成為一時佳話。阿華離校前將通信地址給了全班學生，芸妮一直保持跟她通信聯繫，知道她喜歡貓咪，經常寄一些貼紙、頸巾、書簽或小飾物給她。華田家中的一幅百貓圖，大部分是芸妮寄給阿華的貼紙拼出來的。芸妮

有時會跟阿華通電話聊天。兩人進一步拉近關係在 2009
年。當年芸妮第一次踏足加拿大，住在華田家，兩人對
對方的家庭背景有更深入的了解。芸妮當時才知道她是
阿華唯一保持聯繫的學生，而接替阿華的英語科主任職
位的艾岱（Miss Dai）是阿華她的好友之一。她來多倫
多旅遊時也曾住在華田家。

彩思不是阿華的學生，是芸妮在工業學院認識的好朋
友。2012 年時，芸妮到加拿大阿伯塔（Alberta）某市鎮
工作半年，彩思同行，但只去參加卡加利（Calgary）的
牛仔節。兩人在華田家住了一星期。當時碰上彩思生
日，大家買了蛋糕歡慶她的生日。彩思跟阿華也非常投
契。此後每年五月和七月，阿華都會用一個包裹分別寄
相同的生日禮物給芸妮和彩思。

2018 年秋季，阿華和阿田赴臺期間，芸妮和彩思從香港
飛去臺北會合。四人結伴共度了三整天吃喝玩樂的歡樂
時光。先後暢遊了大稻埕、永樂市場、圓山農夫市場、
松菸文創園區、圓山臺北市美術館、寧夏夜市、三重夜
市等旅遊點。

阿田在辦完阿華的追思會後曾經問芸妮，她和阿華是甚麼時候互相上契（註2）為母女的。芸妮回答說，她知道阿華一直希望有一位女兒，但她從不喜歡認親認戚，只在心中一直視阿華為她的另一位母親。她們是在2018年上契的。彩思也順便上契。可是阿田並沒發現有甚麼正式儀式舉行過。心想，大概只透過社交網絡平台完成的！

2023年，芸妮和彩思建議跟阿田在某社交平台建立一個群組，想給群組取個名稱。阿田建議用「G4」。另一組員是其他組員共同思念的阿華。而群組的圖像，就採用2018年四人在臺北大稻埕度小月相聚進餐時拍下的一幅相片。

芸妮也曾對阿田說，她是我最尊敬的老師，教懂我太多太多人生道理。

拉維、婕姬和艾芭

這三位印度裔加拿大公民是阿華和阿田的隔壁鄰居。拉

【註2】上契：結拜。

維和婕姬初搬進他們的單位時曾數次到訪華田家，是少數曾到訪華田家的鄰居。拉維的母親艾芭最初住在拉維弟弟家，艾芭與次子夫婦相處得不太愉快，後來搬來與大兒子同住。拉維夫婦上班時留下艾芭一人在家，有點不放心，便鼓勵艾芭多跟阿華透過電話聯繫。阿華也多次配合艾芭的心願，帶她搭巴士去逛百貨公司和商場。其實艾芭的年齡跟阿華相近，可是行動能力稍嫌不足，這類外出活動便逐漸減少，而最終中止了。阿華開始不時上她家看看她、跟她聊聊天，像在照顧一個長者的保姆。在阿華的追思會上，整座公寓的居民中，阿田只邀請這一家三口參加。

來探病的訪客

2013 年阿田接受通心臟一條阻塞血管的手術，裝了一枝支架，出院回家後先後有駿傑嫦美夫婦、志森貝拉夫婦、埃迪安娜夫婦到訪。志森夫婦帶了一具電動量血壓心跳儀送給阿田夫婦。其他人則帶了食物來。荀子美娃夫婦則在阿田手術完住院時到醫院探訪阿田。荀子還專程接阿田出院。

來派對廳晚餐的訪客

阿華和阿田搬進里維拉公寓樓不久，曾租下樓內的派對廳，宴請阿田的中學同學夫妻和連帶交往的一對夫妻出席。其中包括志森和貝拉夫婦、安達和馬麗夫婦、埃迪和安娜夫婦、荀子和美娃夫婦、洪亮和依莉。連阿華阿田總共十二人。聚會採取百樂餐聚（potluck）形式。阿田也親自煮了些菜餚，跟阿華兩人從居住單位一一端到派對廳。因勞師動眾，阿華和阿田沒再舉行這類派對。這次餐聚於是成為這十二位參與者在里維拉派對廳的唯一晚餐，也是最後晚餐。但整個佈局跟達芬奇的所畫的「最後晚餐」大不相同。出席十二人分兩排面對面坐。沒有誰出賣誰。餐後沒有人被釘十字架，也沒有人復活升天。

第七章

候鳥

候鳥基於繁殖和避寒的需求，會周期性地從一棲息地遷徙到另一棲息地。阿華和阿田退休後，像候鳥一樣，會每年一趟地從多倫多飛到美國加州三藩市灣區和臺北。所謂「飛」，是乘搭飛機的意思。然而，阿華和阿田飛去三藩市灣區和臺北，卻不是為了繁殖和避寒，而是為了跟親友相聚。

兩人通常先去三藩市灣區探訪阿田的母親、妹妹一家人和幾位阿田的中學同學，逗留一星期或十天左右，然後從三藩市飛去臺北。如果永訢在香港，偶爾也會去香港跟他一家人一聚。回程則由臺北直飛多倫多或在美國某機場或溫哥華機場轉機飛多倫多。他們通常會在臺北購買各類物品帶回多倫多，回程不在美國逗留，可省掉多一次通關的麻煩。

美國三藩市灣區

田父母和田妹

阿田的父母移居美國後原住在阿田妹妹悠悠家，同住的

還有妹夫中立和女兒盼盼和兒子維宏。阿華和阿田在阿
華接受癌症治療前曾探訪過他們一次，正在日本修受薪
實習課程（Co-Op）的永訢也前往會合，也住田妹家。
後來田父母遷入州政府津貼的弗里蒙市某老人公寓的一
個單位。田父邁進八十四歲後因多種器官功能衰退進了
療養院，阿田和阿華去探訪他時便住那公寓。田爸入住
療養院後沒多久便去世了，阿田和阿華也專程飛去奔
喪。阿田和阿華退休前兩年及退休後才像候鳥般每年去
探訪田媽，住在那老人公寓單位內，睡一張睡前架設、
醒後還原沙發的雙人沙發床。

田爸去世後不久，田媽接受了微創手術清除了輸尿管一
帶的癌細胞，女兒悠悠請了一個來自中國的王姐照顧
她。阿華在她出院後也從多倫多飛去照顧她十日。

悠悠是鋼琴教師，住在媽媽家附近，每隔幾天就會探訪
她。田妹夫中立是電子工程師，經常出差到上海和臺
灣，回美時也會陪同悠悠去看田媽。

悠悠（或加上中立）除了帶田媽去超市購物外，有時也
帶她去粵式餐館飲茶或其他餐館進餐，日子過得輕鬆愉

快。阿華和阿田探訪田媽期間，她的餐飲節目更加豐富了。除了逛超市之外，也常光顧日式、韓式、泰式、意式、美式、印度式和粵式等各色餐館。阿華和田媽最喜歡去的是一家「吃到飽」的自助沙拉（沙律）吧。該餐館主要提供各類蔬菜、幾款西式濃湯、麵包、西式糕點、蘋果、鳳梨等水果和軟雪糕。肉類只有沙拉吧的雞絲和藏在某些濃湯裡的海鮮。阿田夫妻和悠悠母女四人慢慢用餐，要添食甚麼就添加，要聊甚麼便聊甚麼，悠閒自在地度過一個多小時。較早時期，這類在餐館共餐的聚會有時中立夫婦的兒子維宏和女兒盼盼也參加，後來盼盼結了婚遷去阿拉巴馬州，阿華和阿田很少見到他們。場面最大的一次聚會是阿田兒子永訢、媳婦倩怡和孫兒元弘到弗里蒙市探訪田媽的時候。當時永訢到三藩市出席學術研討會，帶了妻兒同行，並事先約好阿田和阿華在三藩市和弗里蒙見。永訢一家人探訪田媽那天晚上，連中立夫婦在內大夥兒在田媽公寓對面的一家披薩店歡聚進餐。

2019 年 4 月，田媽吃東西時不小心讓食物掉進了氣管，給送進了急診室。當時她因呼吸困難而缺氧，昏睡不醒，醫生說如不插管搶救，半小時後便會去世。悠悠同

意讓田媽接受 ICU 搶救。田媽出院後便成為必需在家睡病床接受安寧療護（hospice care）的病人，必需長期依賴氧氣筒輸入的氧氣。此後，護理人員和社工每周到訪，檢查田媽的健康狀況，替她抹身、換尿片（也是屎片）、調整氧氣劑量等。田媽的家庭醫生較早前就檢查出她有 COPD 的徵狀。田媽雖從此不能下床，但能吃能喝，生命力強，竟度過了一般安寧療護的六個月期，開始進入第五年了。這期間悠悠前後僱了幾個二十四小時全天候看護員照顧田媽。阿華去探訪她時也經常跟看護員替她換尿片。不過田媽的生理和精神狀況也在衰退中，出現了老年痴呆症的跡象。

田媽還健康的時期，很喜歡見到阿田和阿華到訪。她會親自煮五香豬肉春卷、糯米飯、牛肉湯、鹽焗童子雞、炒米粉等家常食歡迎阿華和阿田。阿田也會精心料理一些食物如素雞、香腸意大利粉、咖哩雞和各式涼拌小菜如小黃瓜、沙葛等。他有時候會買大家都沒吃過的中東雞飯和墨西哥小吃回來，也會到附近中餐館買炸豬趴、炸魚柳、乾炒牛河等外賣。碰到周六和周日，更會從田媽老人公寓附近的農夫市場買各類新鮮蔬果。阿華很少下廚，她成為田媽的學生，跟田媽一起做毛線帽、毛線

小雞和仿水晶塑膠條組合成的桌式配燈小聖誕樹。也常陪田媽唱古老的時代曲、看電視節目，並陪田媽參加公寓內的英語班和其他活動。

公寓的女性居民也會互訪，通常會有一個照顧她們的非正式護工陪同。到訪者有時會帶食物之類的小禮物，被訪者則從家裡找些東西回禮。阿華也經常參與這類活動的互動角色，使這類探訪活動氣氛熱烈起來。公寓活動之外，悠悠會帶大家去各式各樣的餐館進食，陣容逐漸擴大，連兒女的女友和男友都包括進去了。那些年，阿華和阿田不能不說是快樂的候鳥。

那些年，阿華和阿田也曾兩次陪田媽去田爸的墓地掃墓。墓園叫 Lone Tree，在 Hayward 鎮上，悠悠從田媽家開車去，大約需要半小時車程。田媽掃掉平板墓碑上的塵土、草屑和落葉後，獻上一小束玫瑰花，然後默默地仔細視察自己將來骨灰的落埋處。整個過程，彷彿在給華田和悠悠示範如何如何完成一場不設食物祭品的掃墓活動。可惜，候鳥行動卻因田媽的病患和 Covid-19 失控為全球蔓延大瘟疫的人禍而中斷了！

永訢在波士頓麻省理工學院修讀博士期間，阿華和阿田也曾多次乘搭夜班灰狗巴士去波士頓跟永訢相聚數天，共度不少歡樂時光。兩人參加了永訢的論文發表會，並出席了永訢導師宴請他們的餐聚。三人共遊了不少當地的旅遊點和景點，包括位於勞倫斯的波士頓市場、哈佛大學園區、波士頓美術館等。阿田和永訢逛唱片公司和二手書店時，阿華便逛附近的百貨公司和商店。三人會找一家餐館坐下來，一邊休息，一邊進食。阿華和阿田最喜歡去永訢經常去的一家臺灣料理餐館。永訢是那家餐館的牛肉麵常客，幾乎每週或每兩周就光顧一次。阿華和阿田也在這家餐館請過永訢的同學和朋友吃飯。然而，去波士頓的行程和那些年的行動，都不屬於候鳥行動的範疇。

阿田校友柏膺、正亮、佳琳、慧光等

柏膺是阿田最要好的中學同學，當年放學時經常同行回家，柏膺移居美國後訪港，也會跟阿田見面聚舊。他召集了一大桌的中學同學歡迎阿田和阿華，那也是阿華第一次認識阿田那班同學。大夥兒雖在三藩市灣區某餐館飲茶或進餐，有些人卻來自較遠的市鎮，這樣勞師動眾

使阿田覺得不好意思，便提議下次相聚採取百樂餐聚
（potluck）形式，參加者每戶各自攜帶一或兩道菜餚，
既可延長歡聚時光，也可無拘無束，稍為放浪形骸地高
談闊論，並交流炮製食物的心得和評比外賣食物的特
色。只要有某家人願意主辦，大家分工合作，擺設和善
後工作一定不成問題。結果多次的百樂餐聚都在正亮和
佳琳家舉行。也有一次在捷如和莓莓家舉行。

這類聚會的人數後來逐漸減少，便回到各式餐館內舉
行，免除在家舉辦的種種籌備和善後的雜務。到大瘟疫
盛行前，這群核心校友的餐聚只剩柏膺夫婦、正亮夫婦
和慧光，占豪和他的女友芩育偶而也出席。

一小群人經常在某家餐館吃完晚飯後，轉去一家冰店吃
甜點，然後還可能去喝咖啡或茶，大家流連忘返，不盡
情不歸。不超過十人的小組溝通起來比較協調，也沒有
一直沉默的旁聽者。其中助慶的，少不了佩蒂的高檔黃
色笑話和柏膺那張彷彿貼上了面膜的臉孔。

這小群好友也不是整天在餐館和食店裡廝混，他們也曾
步行了一段路，去了漁人碼頭，喝了海鮮巧達濃湯麵包

虫。然後在碼頭另一邊近距離觀賞海象和海獅。

當年柏膺和阿田放學時也經常跟另一位同班同學星河同行，然後上柏膺家或星河家逗留約半個小時聊天。星河是大陸來港的超齡插班生，是個年少畫家。經常向阿田和柏膺解說中西各派畫家的作品。柏膺和星河也常在星期天到阿田家，跟阿田弟弟四人湊成撲克牌局，輸者請吃雪糕或看早場卡通電影。兩人中學沒畢業就先後移居美國，星河住芝加哥。

柏膺是財經投資顧問，每次知道阿田到了三藩市灣區，便在第一時間約阿田去田媽公寓附近一家小咖啡餐廳相聚聊天。兩人對中共和臺灣政權政局各有愛惡，卻不影響兩人間的深厚情誼。晚上則輪到慧光亮相。他通常約阿田在附近的麥當勞快餐店喝咖啡聊天，阿華有時也會參加。慧光在臺灣讀完醫科後移居美國，任心理輔導師，跟阿華之間產生較多的談話互動。

但跟阿華最合緣和投機的是正亮的妻子佳琳。她們在多倫多舉行的某次中學校友聯誼會上認識後，成為忘年交，兩人都是虔誠的天主教徒，從數年前開始，兩人經

常每月通一次電話，除了交換各自的讀書和聽音樂的心得外，也談各類話題，寄各自讀過的書給對方閱讀，如果不是贈送的書，則郵寄歸還。兩人都很關心志森和貝拉的情況。

大瘟疫盛行之前，阿華和阿田在最後一次候鳥行動期間，請了柏膺佩蒂夫婦、正亮佳琳夫婦和慧光五人在一家墨西哥餐館吃晚餐。那天晚上的歡樂時光，一直是阿華和阿田因疫情困在多倫多家裡時的美好回憶。

臺灣

冬季期間，飛機在多倫多鄰近密西沙加市皮爾遜國際機場的起降偶而會受惡劣天氣的影響而延誤。阿華和阿田認為這類航班的延誤是很麻煩的事，卻是可避免的。很簡單，不要訂冬季飛的機票就可以了。許多旅客特地在冬季飛離多倫多去比較暖和的地方，的確是為了避寒。阿華和阿田卻沒有這種意圖。更不是為了繁殖。兩人飛臺灣的候鳥行動純粹是為了跟親友相聚。

頌仁和頌義

2014 年阿華辭掉了替沖繩美國情報機構寫中共中央電視七台軍事報道的英語摘要的工作，才開始在臺逗留較長時間的候鳥行動。這一年的前幾年，阿華和阿田去臺北都是兩星期左右的短期逗留，或住頌仁家，或住頌義家。頌義家較小，他會讓給阿華和阿田住，然後去朋友家暫住。那時阿田仍會在旅臺期間抽時間完成摘要寫作，透過互聯網交稿。阿華則暫時不接該機構傳來報刊文稿的中譯英工作。

阿華在 2006 年和 2010 年之間曾兩次單獨赴臺，分別參加頌仁和頌義的婚禮，並當過頌仁大兒子宇文嬰兒期的鐘點保姆。在臺北逗留期間，她住頌仁家，也曾在頌仁妻子珀珊娘家作客過夜，讓親家婆給她燙個全新髮型。頌義和佩佩拍拖時，阿華便在臺中見到佩佩。當時頌義在臺中工作，替阿華租了一個民宿房。

頌義後來居上，兒子明輝比頌仁大兒子宇文更早出世。當時智能型手機還未面世，大家主要透過電郵或長途電話卡通信。相片則由電郵傳發。

2011 年，阿田第一次和阿華一起赴臺。通常只逗留二至三星期。先後住頌仁和頌義家和頌仁家附近的民宿。2014 年，阿華和阿田約了永訢、永訢妻子倩怡和倩怡父母在臺北過年，頌義替阿華和阿田在林森北路和南京東路交界附近找到一家民宿，租住一個月。此後，阿華和阿田訪臺，便進入了候鳥行動期，直至瘟疫大流行才中斷。

頌義婚後不久便與妻子分居，跟着辦了離婚手續，從此長居臺北工作。阿華和阿田只需留在臺北，便可各別或同時跟頌仁和頌義相聚，或在頌仁家，或在某餐館。如果頌義從臺中帶明輝到臺北，這類餐聚也會包括明輝在內。頌義一向在銀行從事投資顧問的工作，個性豪爽，雖比較急躁，卻好相處，阿田喜歡跟他聊天，有時跟他一起喝一兩罐啤酒。阿華和阿田住北投老胡的房子期間，頌仁和頌義都曾多次到訪。頌義還曾帶女友美吉去，共進帶來的食物，其中有些是從家裡親自料理的。他要求阿華和阿田暫時不要向任何人透露他有女朋友。阿華和阿田當然守口如瓶。

頌仁是某教會的一位傳道，並與妻子珀姍共同提供婚姻

輔導服務，有時也到東南亞和中國大陸去交流這類服務。他個性比較拘謹，卻也容易相處，但他兩夫妻跟教友聯繫密切，經常在家舉行宗教聚會，也千百計誘導頌義信教，但沒成功。

阿華和阿田到臺北的首要目的雖是跟兒子相聚，卻沒時時黏着他們或讓他們黏着。候鳥行動期間，阿華和阿田逗留時間長了，甚至達到兩個月以上，大家相聚仍不過是每星期最多一、兩次。在餐館聚餐的次數較多，如迴旋壽司館、日式定食餐館、頌仁家樓下的臺菜餐館、熱炒店、圓山舊花博園區的意式餐館……等，都是大家常去的地方。阿華不喜歡在夜市的露天攤檔進食。她看到桌椅下面濕漉漉的，滿地雜碎物，會感到噁心。不論哪個夜市，如要坐下來吃，阿華一定要求到店舖裡面。阿田進食時非常專注，很少留意桌椅下面的東西，因此沒有倒胃口的問題。

頌仁喜歡旅行和拍照。他拍照不只是靠手機，而是用專業的照相機。他到東南亞出差時，會帶妻子和子女一起去。他有一輛連車尾箱也可當座位的私家車，曾帶華田兩隻候鳥和一家四口到宜蘭兩夜三天遊。又一車六人先

後去過九份、深坑、烏來等景點作一日遊。還曾計劃帶華田候鳥和一家四口去澎湖，卻因多種原因而沒成行。

頌義則非常注重跟華田兩候鳥的聯絡。智能手機普及後，華田一到臺北，他就會將一支多出來的手機借給華田使用，以便聯繫和追蹤華田，彷彿怕兩鳥迷路。後來乾脆送華田每人一支手機。

阿田知道阿華喜歡在臺逗留時間較長，而使用加拿大護照免簽證入境只能逗留三個月，便替阿華辦了依親（丈夫）居留證。阿田是中華民國國民，有了這居留證，阿田留臺多久，阿華也可留臺多久。2018 年，臺灣有關當局將阿華的依親居留證從一年有效期升級為三年有效期。

美翠家人

2011 年，阿田和阿華第一次一起赴臺期間去了臺南市探訪了阿田亡妻美翠的家人。兩人在美翠最小弟弟文明代訂的旅館住了三天兩夜。那是阿田移民加拿大後首次赴臺探訪美翠家人。美翠有兩個妹妹和三個弟弟，阿華在他們訪港時便認識他們了。美翠的媽媽和阿華則是 2011

年才初次見面。

阿田移居多倫多前，因處理美翠骨灰跟當時到訪的美翠大妹美玉之間有些小摩擦，移加後曾中斷跟美翠家人的通訊來往。阿田的兒子永訢則跟他的外婆有通信聯絡。他單獨赴臺或與女友赴臺時也曾探訪母親，在她的墓碑上留下了一件代表他完成學業的紀念品。

美翠家人見到阿田和阿華，熱烈歡迎。餐聚一場接一場，話題廣泛，氣氛融洽，麻煩的是，雙方一再爭做東道主。阿田和阿華也託了文明妻子怡珍買了鮮花，到美翠的墓碑獻上。

美翠的爸爸中風後變成植物人，在植物人收容院睡了好幾年。阿田由文明陪同去看他，但跟他沒有任何互動。

阿田在 2014 年才再跟阿華一起赴臺北，那是兩人成為候鳥的第一年。兩人也去了臺南探訪文明、怡珍夫婦和美翠的弟妹，逗留了兩夜。這次文明夫婦替阿田和阿華訂了一家汽車旅館。那時候，美翠的父母已於 2012 年先後去世。

阿華和阿田於 2015 年再次到臺南探訪美翠的弟妹，只逗留一夜。隨後幾年內，美翠的大弟和二弟先後去世。阿田和阿華於 2019 年從香港回臺北時準備去探訪文明、怡珍、美玉和美麗，因文明出差不在臺南而取消了原定行程。

老卓翔音夫婦、老胡麗杏夫婦

80 年代初，美國南加州大學一年制企業管理碩士班收了四十多名來自香港、臺灣、韓國、日本、泰國、印度、印尼、法國和美國等國的學生。都是由當地公司或政府保送來的。阿田帶妻子美翠和兒子永訢一起去，住在該班學生的宿舍內。美翠原是臺灣人，阿田在臺灣讀大學，兩人認識了老胡和老卓後，四人一見如故，密切交往。不知從哪一天開始，也不知甚麼原因，阿田發現老胡和老卓稱呼他為老田，便回敬他們，稱他們為老胡和老卓。三人經常一起加入包括其他組員的小組課業活動外，課餘也經常一起「廝混」，吃、喝、玩、樂，節目豐富。來自臺灣的同學還有子謙和大來，考試前五人會組織讀書會交換學習心得。子謙也邀請過所有來自臺灣的同學和阿田夫婦去他爸爸家聚餐聊天。

畢業後，老胡、老卓、大來都回臺灣發展他們的事業，跟阿田仍保持聯絡。美翠病重住院醫療時，老胡甚至專程到香港探訪阿田和美翠。美翠去世後五年，阿田認識了阿華，老卓和老胡已先後結婚。阿華移民加拿大之前沒見過老卓妻子翔音，卻在香港見過老胡新婚妻子麗杏。他們當時訪港是蜜月的一部份。

此後，阿田和阿華跟老胡夫婦和老卓夫婦有年節賀卡來往，但沒有頻密的通信。翔音的賀卡比較講究，卡面經常是一幅全家福相片。因此阿華雖還沒見過她，卻已認識她。基於這些前緣，阿華和阿田以候鳥身份訪臺時，必定跟老胡和老卓兩對夫婦相聚。

阿田根據翔音賀年卡所提供的線索，加上 Google 搜索，先聯絡上老卓。他是臺北某實業股份公司董事兼總經理，然後透過他聯絡上老胡。阿田馬上約老胡在信義區商圈某地點會面，然後由老胡開車接他到金華街家相聚。兩人喝着茶、吃着小零食，一邊敘舊，一邊各自簡述了過去聯繫空檔期的經歷，度過了溫馨愉快的時光。阿田從老胡口中知道他是國際某名牌鐘錶廠家臺灣經銷商的董事，工作輕鬆。當時他母親已經去世，父親則臥

病在家，有特聘護士照顧。阿田以前赴臺北時曾住他家，認識他父親，但當天沒見他，怕打擾了他。

跟着，在阿華和阿田逗留臺北期間，老胡和老卓先後安排了三對夫婦的幾場聚會，在欣葉臺菜餐館、在兄弟大飯店的蘭花廳、也在老卓家裡吃火鍋。阿田發現老胡進餐時喜歡小酌，有時自帶一瓶威士忌。老卓也喜歡喝點酒，多喝紅酒或金門高粱。兩人都不是酒鬼，酒品高尚，這是阿華和阿田此後多年觀察所得出的結論。

老胡知道阿華和阿田在臺北住民宿，便對阿田說，他在新北投她女兒名下有一無人長住的房子，歡迎阿田和阿華訪臺時入住。兩隻候鳥再次訪臺時，便欣然住進那房子了。從此，阿華和阿田再也不必勞煩頌義替他們租民宿或旅館了。

在老卓家舉行的餐聚，成為阿田、老卓、老胡三對夫妻敘舊交誼的盛事，是阿華和阿田每次赴臺必有活動項目。老卓有時還邀請多一對夫婦出席。這對夫妻不是固定客，有時這對，有時換另一對，令阿田和阿華無法捉摸。只知每對新客亮相，都讓人耳目一新，隱隱約約洞

悉老卓那番「盡在不言中」的心思。

多一對來賓正好讓老卓家的長形餐桌坐滿。老卓和妻子兩人通常各佔長桌兩端，阿田和阿華並排坐在老卓左手的邊座上，老胡和他的妻子麗杏並排坐在阿田和阿華的左前方，麗杏坐在老卓妻子翔音左手邊。若有另一對夫妻出席，則沒有並排而坐。男的會給安排在老卓右手的邊座上，老胡旁邊，女的則坐在翔音右手邊座上，阿華的旁邊。

阿華和阿田兩候鳥連續六年飛去臺北，一進老卓家，便要重溫一次同一套座位安排。阿田曾對阿華說，他有時做夢也夢見從他的座位上看到的眾出席者各種面目表情的模樣。他對阿華說，換句話說，他閉着雙眼，也能見到誰誰坐在哪個方向。

阿田和阿華通常坐老胡的車上卓府，出來迎接的通常是翔音。進門後大家各就各位。阿華和阿田的座位面對在兩層樓升降的電梯和電梯旁邊的樓梯，便不時盯着那個方向，看老卓會從電梯走出來，還是從樓梯下來。其實分別不大，都是亮相的舉動。

大家喜氣洋洋熱烈地寒喧一番後，老卓便進廚房，其他人則開始享用桌上擺置的零食。阿華和阿田看相片時，會重溫第一次在卓府吃火鍋的情境。此後，老卓改變料理路線，親自下廚，推出更為精緻的家常菜餚，有時也配上親自半加工的外賣現成美食。

大家品嘗零食聊天的時候，老卓會一下子從餐廳消失，然後從餐廳隔壁的廚房捧着一碟煮好的菜餚出來，放在餐桌上。廚房裡有一位印傭幫忙，老卓進進出出，不會影響廚房內的料理流程。他會叫大家先開動，不必等他坐下來，然後又回去廚房。

到了老卓拿捏的時機一到，他會從餐桌旁邊老胡等人背後的張几上把當天適用的酒杯傳給老胡，再由其他人分發到在座每人面前，然後將一瓶酒交給老胡。如果是紅酒，老胡便負責開酒。如果是老卓喜愛的高粱酒，老胡通常等待老卓親自進行倒酒前的必要程序。

當老卓堂堂正正地坐了下來，桌上已是玲琅滿目，沒有八樣菜餚，也有六樣或七樣。非固定來賓之外，阿田和阿華通常是年紀最高的出席者，少則比其他人多兩、三

歲，多則比某些人多八、九歲，甚至十歲以上。其他人吃過的每樣菜餚，可能一輩子都記得，阿華和阿田只能記得那些在不同年日餐聚上重複出現的菜色，其中包括：西班牙式油炸花生、加工外賣醬燒明蝦、蒼蠅頭、豆乾炒三絲、方形大餛飩全雞湯鍋、卓府小炒、紅燒獅子頭、鎮江排骨等。這些都是老卓的拿手菜餚，規格嚴謹，雖在不同年月日推出，色香味卻不受影響。

進餐、飲酒、聊天、說笑、大夥兒無拘無束、心曠神怡。話題由老卓主導，他的口水也壓倒他人的口水。舊事、新事；舊話、新話；個人經歷、群組經歷；天下事、商界事、演藝圈八卦、傻事、妙事、怪事、無厘頭事，大家都可暢所欲言。大家以適當的分貝發言、不出惡語、不祭臟話、不激不躁、不怒不嗔。整個場面的氣氛，由頭到尾，祥和優雅，有活絡筋骨、舒暢神經之效。

接下來，印傭會端上幾個水果盤，通常包括：鳳梨、西瓜、葡萄、橘子等。茶壺和茶杯也跟着上桌。便有自告奮勇者站立來，問誰要茶，然後斟滿大半一杯，透過其他人傳給等喝茶的人。最後是壓軸戲，炮製黑咖啡秀。炮製人通常是老卓或麗杏。拿出精選的名貴咖啡，將咖

啡倒進濾紙兜，然後往咖啡慢慢澆上滾水，本身就是一場好秀。大家會聚精會身地觀看炮製人的舉動，或假裝專注地盯着炮製人。吃了水果，喝了茶、嘗了咖啡，再聊一陣子，便接近十點鐘了。也是眾來客作鳥獸散的時刻。

阿華曾經對阿田說，老卓的這種聚會從不邀請出席者的子女參加，這點她不奇怪，因為桌子坐不下太多人。但老卓和老胡極少在這種餐聚場合提起子女，也不曾邀請老友子女上餐館，她確實覺得奇怪。

阿田說，談起子女，或有子女在場，有時是令父母頭痛的。他們不在場，正是求之不得的良辰美景呢！

阿華對阿田的說法沒表示同意。但她不止一次對阿田說，要不要請老胡女兒吃飯或飲粵式茶。阿田終於向老胡夫婦提出這項邀請。理由是，他們住的北投房子的房東是老胡女兒，因此想認識她，請她吃飯。

老胡答應了帶她女兒慧玲出來跟阿華和阿田認識。在搶付餐聚賬單時，老胡和阿田差點反目成仇，最後達成協

議：這次你，下次我，或這次我，下次你。雙方和好如初。有些友情是經得起考驗的。

相同的嗜好也可促進友情。阿田和老胡都喜愛喝啤酒。兩人在新北投某燒烤小吃店一起喝過一次啤酒後，其他酒局，便陸續而來，但不頻密。阿華參加過一次後，也愛上這居酒屋的氣氛和情調，欲罷不能，次次參加，也酌量喝起啤酒來了。老胡自己是乘搭捷運來的，這樣喝多了也沒有酒後駕駛之慮。若是麗杏也參加，餐館地點便選在臺北市。麗杏因要開車，通常只喝一點酒。四人一邊喝啤酒，一邊用小吃和閒聊下酒。整個場合情調浪漫，令人迷戀，甚至刻骨銘心，成為日後的美好回憶。四人喝的都是臺灣產品，特別是那個以 18 天作為賣點的瓶裝啤酒。

老卓和妻子翔音的住所離阿華和阿田住的房子較近，也曾約華田兩人去內湖某家西餐館短敘，或約華田兩人上他們家午餐。老卓也約過阿田在他公司附近的餐館共進午餐。在那場所，兩人會聊些跟政治和政局有關的話題。

這一切內容豐富、多姿多彩的活動，使華田兩鳥每年必

做候鳥飛往臺北而樂此不疲。

子元玫文夫婦

子元是阿田中學低兩屆的同學，讀臺大醫學院時跟阿田住宿舍同室，阿田睡上舖，子元睡下舖。他早就認識阿田亡妻美翠。他畢業後先回香港某家醫院當見習醫生。美翠替兒子永訢報名參加某報舉辦的寶寶爬行比賽時，健康檢查發現永訢的心臟有雜音，取消了參賽資格。美翠請子元診斷，認為暫時沒大問題，可再做檢查。跟進了幾年，確定沒事。

子元後來專攻眼科，修業回臺掛眼科醫師牌行醫，口碑極佳，患者爭相問診。阿田每次陪美翠回臺灣娘家探親，都會約子元夫婦相聚。出席的還包括曾與阿田和美翠共同租屋居住的伯樂和振東。後來伯樂和振東合作打拼，創立了一個龐大的電子企業。阿田跟阿華結婚後，沒立即跟子元恢復聯繫。以候鳥身份飛臺後，則一定約子元和他的妻子玫文聚餐。當時阿田和子元的臺大同宿室學長維力在臺治療癌症，也多次出席，後來不見他來，子元說，他去世了，大家不勝噓唏。

阿田知道子元是眼科名醫，毫不猶疑掛號問診。子元看了助手做的各類檢驗數據後，親自進行近距離檢視，認為阿田過去在加拿大做的白內障和黃斑病手術效果良好，吩咐阿田下次來臺再找他覆診。阿田問他左眼皮角上一粒不痛不癢、不影響視力的東西是甚麼。子元說是脂肪粒，可將脂肪抽出來，屬於醫學美容手術，要在醫院做，但不必住院。子元又對阿田說，你的眼袋也可動手術，剪去一些皮，抽出脂肪，然後縫合。但阿田對阿華說，他不想做消除眼袋的醫美手術，阿華表示贊同。

四人聚餐的活動，基本上是你來我往，雙方輪流做東道主。拌餐的話題很廣，但都在和睦怡情氣氛下進行，沒有爭執，沒有粗話，也無任何尖酸刻薄的用語。每次聚會都為雙方奠定下次再聚的意願。

華田兩隻候鳥飛臺北，也是為了跟子元和玟文相聚。

趴趴走

候鳥由較寒地區遷徙到較暖地區，主要為了交配和繁殖，當然還要覓食和餵幼。因此，翅膀還是有用的。牠

們雖然也用腳行走，但要足翅交替並用，才算完整。阿田和阿華這兩隻候鳥假借機翼飛抵目的地機場後，下了機，便喪失了飛行能力。兩人在目地如果不開車，在當地移動，只能靠捷運和各線各類大小公共交通工具了。一下車，便全靠靈長目人猿科動物用後肢站立行走的能力了。下了車到處走，臺語叫做「趴趴走」。

不論在美國還是臺灣，阿華和阿田雖然會跟親友相聚，卻不能整天黏着他們。兩人在沒有親友陪同下的活動，一離開居所，一下了交通工具，就是「趴趴走」的活動了。

兩人先後住過臺北信義區富陽街、古亭區和景美區的頌仁家，也住過北投老胡女兒的房子，經常輪流到臺北數十個繁華地區出沒，其中包圓山區、大同區、士林區、中山區、萬華區、公館區、新店區等。兩人幾乎走遍了某些地區的大街小巷，也在許多大小商圈夜市出沒、在幾個河邊湖濱觀賞水光山色、在幾個大小美食廣場享受各式快餐、也在各類文藝場所流連過。簡言之，兩人確實到處「趴趴走」。

人類和猩猩同屬靈長目的人科，也稱猩猩科。然而在臺北大街小巷上卻不見一隻猩猩。猩猩在哪裡很難說，可是不少人並不常使用雙腿行走。他們喜歡坐車。臺北市和新北市太大了，靠雙腿不可能走遍，從某 A 點到某 B 點，通常要靠乘搭公共交通工具或私家車完成，而乘搭公共交通工具的人，步行的路程肯定比坐私家車的人多。一般人都不會有這樣的認知和意識。阿田則經常跟阿華說，有雙腿真好！

香港

2016 年永訢的大兒子元宏誕生後，阿華和阿田專程飛去香港當兩個月的保姆，讓永訢的妻子倩怡可以上班。原在香港照顧女兒和外孫的倩怡父母，留港期限到，正好可以回上海，休息一段時間後再申請來港。

阿華於是成為元宏的全職保姆，阿田則負責料理四個大人的三餐。永訢和倩怡下班後雖也不遺餘力幫各種忙，兩人還是相當忙碌。但兩人還是請了幾次保姆假，跟阿華的學生芸妮和芸妮的同學兼好友彩思聚餐，也跟阿田

最要好的中學和大學同學偉哥、少君、德光等相聚敘舊。兩人也跟阿華任職的中學同事艾岱和艾岱的哥嫂多米和芭菈聚餐。艾岱的姪女依莉（多米和芭菈的女兒）是在多倫多跟華田兩人來往最密切的朋友之一。此外兩人也跟阿華的好友狄娜及阿田的表妹麗婭夫婦見面聚餐。後來，兩人有一次以候鳥身份去香港，逗留時間短，有些親友便分頭見面了。

阿田雖是加拿大公民，也是中華民國國民，在臺居留沒有期限。他於 2016 年抽時間去台北駐香港經文處辦理了他和阿華的結婚證書和阿華出生證明文件的驗證，以便在臺替阿華申領依親（丈夫）長期居留證。阿華當了兩個月的保姆後飛臺北，順利取得長期居留證。

第八章

無題

人生是一個複雜而多姿多采的旅程。從生物層面上說，人生是吃、喝、拉、撒的歷程。如從生物層面上到倫理層面，則人生也是性愛、繁殖、含貽弄孫的歷程。從個人的主體層面看，人生是追求理想、從事志趣活動、實現人生義意的歷程。從社會層面看，人生是一個貢獻族群、社區、社群或全人類、實現人類公認價值的歷程。

然而，無論是甚麼歷程，都包含無數平凡、重複的活動。

阿華每天的早餐一定是一大杯低糖杏仁奶，加一、兩湯匙即食麥片，加七、八粒葡萄乾、幾粒核桃仁或腰果。阿田的早餐花樣較多，但變來變去，不過是即食麵的品牌和口味，或放進烤箱的熱狗腸的長短，再不然就是放進氣炸鍋內的薯條的不同形狀和味道。他也吃全麥麵包或鬆餅，夾火腿片和荷包蛋，加些沙律醬，但不加牛油和果醬。

阿華吃東西總是仔細咀嚼，阿田則有點狼吞虎嚥的吃相。阿華常常對阿田說，吃慢一點，讓大腦有足夠時間感受飽感，才不會吃過量。

日常進餐前，阿華總會先扭開收音機，選播古典音樂電臺，一邊聽音樂，一邊進食。有時候播放光碟音樂。在北投朋友家住的時候，沒有收音機，就播光碟。

阿華有潔癖，很注重住所內的乾淨清潔。她每天都要用拖把拖洗廚房地板，以「廚警」自居。客廳和房間的地毯，阿華每隔兩、三個月就會分批局部圍起來，用專用藥物清洗地毯，然後用重型吸塵器吸乾。她通常趁阿田外出時間較長時進行這類工作。阿華也每兩天清洗家裡兩個馬桶。

阿華和阿田分別管轄家裡不同的範圍和地帶。冰箱裡只有放杏仁奶的小區才是阿華的轄區。冰箱裡的其他空間全由阿田管轄，包括保持各區的清潔乾淨。放食物的所有櫥櫃也由阿田管轄。甚麼東西過期，甚麼東西不要了，都由阿田拍板。阿華當然也可檢舉不宜食用或繼續存放的食物。

做好各自管轄範圍內的工作，是無數平凡、瑣碎、重複的雜務。

此外，阿華每餐後一定漱口、刷牙，阿田經常漱口，但睡前才刷一次牙。阿華每日都化妝，沒出去那天化得比較簡單，外出前則化得比較講究。對她來說，化妝不只是維護個人門面的必要工夫，跟穿衣服沒兩樣。化了妝，幾小時或大半天的效用期過了，就要卸妝。阿田不化妝，但要隔天刮鬍鬚。兩人每天都要洗臉、洗腳。隔天或隔幾天洗澡洗頭。阿華用指甲刀剪手腳指甲，還要用銼子磨平留在手指和腳趾上的指甲。阿田用牙齒很技巧地咬掉手指甲，但用指甲刀剪腳趾甲。阿華曾笑問阿田，你怎麼不用咬的咬掉腳甲呢？阿田笑着說，身體不夠軟，咬不到。

其他活動，例如：剔牙、梳頭、抓癢、擤鼻涕、滴眼藥水、抹眼鏡片，吃藥、服維他命丸等，阿華和阿田都會在不同時間和不同地點做。阿田也挖鼻屎，但很少在阿華面前挖。他有一、兩次問阿華，你挖不挖鼻屎？阿華笑着說，我挖！不挖鼻屎怎麼清理？我用手指隔着一小張衛生紙挖。阿田搖搖頭說，這樣挖法，不痛快！

二十年前。阿田的妹妹悠悠一家四口來多倫多探訪阿華和阿田，住華田家三天兩夜。有一次，大家在客廳裡聊

天。不知為甚麼，阿田的妹夫中立不坐沙發或椅子，而靠窗戶下的牆面坐着。談話聲出現一個空檔的時候，突然從中立那邊傳來一句清晰而細長屁聲，如傾如訴，宛如由某種特殊樂器奏出的樂句。在場眾人屏息聽完樂句結尾後，笑成一片。真是聞君一響屁，勝聽千萬語！中立微笑着說，不好意思！憋了很久，終於釋放了！這就是我遠離你們坐在這裏的原因。

有鑒於此，阿華跟阿田約法三章，規定大家不得在蓋在身上的棉被下放屁，以免屁味久久不散，既影響睡眠，也污染棉被和床單、床褥。阿田完全同意。他遵守協約，感到屁意上升時，便趕緊掀開棉被，跳下床，然後放屁。當時如果阿華還未入眠，會閉着雙眼，懶洋洋地說，算你有良心！過了一段時期，阿田逐漸不再有跳下床放屁的舉動了。是他的屁少了？不臭了？還是他的良心減了斤兩？還是阿華的嗅覺沒以前那麼靈敏了？阿華也不是沒屁放。她的屁有長有短，但分貝微弱，氣味清淡，無傷大雅，阿田從未將這類若有若無的屁品放在心上。兩人的口頭協約並沒成為歷史協約作廢，只是兩人沒再認真討論過相關問題，問題也就不了了之了。

都是些平凡事、瑣碎事。有的重複出現，有的只出現一、兩次，卻在回憶中不斷再現。因此本章題為《無題》。

第九章

無常

人生中平凡、正常、重複的事總不能永遠地重複下去。再長壽的電燈泡也有熄滅的一天。電腦當機、水管爆裂、水龍頭滲水等，幾乎都是出人預料地發生。至於食物變質、襪子破洞、假牙崩掉一隻等，則是可預料而不知何時發生的事。

人生中平凡、正常、重複的事總不能永遠地重複下去，正顯示人生的無常。

阿華和阿田喜歡平凡、重複的作息，但求平安、健康。兩人不奢求行大運、發大財。阿華買六合彩，通常也只買一注，中幾十元加幣的小獎便很開心了。阿田則連一注六合彩也懶得買。兩人只希望生活中不要出現太多預料之外的麻煩事。

阿華在 Covid-19 最嚴峻時期仍如往常一樣，跟阿田步行到超市購物，然後又步行回家，沿途餵松鼠、餵雀鳥，以踏健步避免擠巴士感染病毒的風險。兩人為了避免感染病毒，一知防病毒疫苗面世了，連忙上網預訂接種日期和時間。兩人先後都連續打了四針。

兩人偶而會一先一後一起患上感冒，有時則只有一人感染。兩人在外面吃同樣的食物，卻只有一人拉肚子。吃同樣的熱食，一人燙到嘴舌，另一人卻沒事。兩人對這類無法預料的常見小病患的出現，感到無奈，只能歸因於人生的無常。

然而，人生還有一些較不常見的病患。2021 年底，阿華發現自己經常有反酸、咳嗽、肚漲等症狀，透過電話向家庭醫生問診後，診斷為胃酸倒流。阿華聽醫生吩咐，除了服胃藥外，實行少吃多餐，避免巧克力等甜食和酸辣食物。這期間，她又睡不好，醫生開了安眠藥給她，並建議她買維他命 B12 服用，以舒緩精神和心理壓力，促進睡眠。

阿華後來又發現雙腿有水腫現象，醫生開了消除水腫藥給她。藥沒有明顯功效。接着，阿華又發現腹脹有惡化，家庭醫生便安排她去接受超聲波檢查腿部和腹部。檢驗所的醫生知道阿華有患子宮頸癌的病歷，吩咐檢驗師順便做骨盤超聲波檢查，確定該部位有腫瘤。當天是 2022 年 8 月 28 日。

2022 年 9 月 5 日，家庭醫生安排阿華接受磁共振成像檢查，發現她的子宮內有腫瘤，而且膀胱已壓迫子宮。

2022 年 9 月 5 日，阿華見家庭醫生，醫生建議阿華立即進 RVC 醫院急診室。超聲波檢查發現她的心臟和肺有積水症狀。

2022 年 9 月 13 日，阿華再進 RVC 醫院急診室。心臟科醫生見了她，並開了藥給她。

2022 年 9 月 21 日，家庭醫生安排阿華去 SB 醫院癌症中心門診部見輻射科醫生。醫生當場取了子宮頸切片，以便進行檢驗。

家庭醫生原安排阿華於 2022 年 9 月 20 日見婦科醫生。該醫生知道阿華於 9 月 21 日會去 SB 醫院癌症中心門診，表示不替阿華取子宮頸切片做檢驗。免得阿華多受一次取切片的痛苦。

2022 年 9 月 27 日，阿華在 RVC 醫院接受心臟掃描，確定她心臟積水。

阿華進出醫院和各個檢驗所阿田都陪着她，或在檢驗室外面等候她出來。在 SB 醫院癌症中心門診部，阿田也照例陪着阿華。醫生從她的子宮採取切片時，阿田在檢查室外面，聽到阿華因痛苦而大聲哀叫的聲音，阿田心驚肉跳，有點憤怒，腦海裡浮現阿華皮包骨的身體，那是在醫生來之前他替阿華換上背後綁帶的病人袍時看到的。阿華廋弱的模樣仍然清晰，彷彿在汪汪淚水後面。他聽到阿華哀叫聲平息後對醫生說，她不想接受積極的醫療，只想獲得姑息治療。醫生說，會尊重病人的意願。

出了檢驗室，阿華和阿田在候診區等候醫護人員的進一步指示。不久，一名護士對他們說，可以回家了。兩人回到家裡，電話隨即響起，叫阿華馬上到 SB 醫院急診室掛號接受肺部的電腦斷層掃描。兩人都很生氣，他們還在門診區的時候，為甚不直接叫他門去急診室掛號？兩人認為，即使透過急診室可以插隊做電腦斷層掃描，也不該叫他們先回家。

電腦斷層掃描的結果很快出來。院方也馬上安排替阿華抽肺積水的程序。兩天內先後抽了兩次，第二次由抽第一次時在場觀察的實習醫生執行。SB 醫院是教學醫院。

院方繼續讓阿華留院，以便進行其他檢查和觀察肺積水的再生情況。阿華每天都會去探訪阿華，並帶些阿華想吃的東西如肉鬆、味丹隨緣椎茸即食湯麵、日式味噌豆腐粒湯、滷蛋、木瓜、藕餅、蒸水蛋、堅果、芝士、玫瑰露雞柳等，也帶些衛生巾和替換的內衣褲給她。阿田陪她到探病時限到才回家。椎茸湯麵和日式味噌湯是阿華患胃酸倒流後最愛吃的食品。、

沒幾天，院方替阿華做 Covid-19 核酸檢驗，那期間大半個病房區被劃為疫區，不准訪客進入病房，阿田只能在病房門口把東西交給阿華，然後把阿華交給他的東西帶回家。這期間，阿華特別請依蓮下班後載阿田到醫院，然後載他回家，免得阿田奔波勞碌。這點讓阿田非常感動。

阿華住的那層樓的疫區終於解封。阿華和阿田極力向醫護人員爭取出院許可。理由是，既然是姑息治療，也不需要再接受甚麼檢驗和治療。經兩天的交涉，院方終於在 10 月 1 日簽發讓阿華出院的文件。這時候，阿華發覺口腔嚴重潰瘍，特別是舌頭。院方給她藥塗在舌頭上，以減輕症狀。阿華說，有一個時期，院方給她吸氧氣舒

緩咳嗽，口腔潰瘍可能由此引致。

這時候，醫護人員已在阿華背部抽取肺積水的部位安裝了一具可以開關的導管，以便下次抽積水之用。阿華出院回家後，會有院方安排的個人護理人員兩天或三天上門一次，替阿華抽取肺積水。所需要的一整大箱醫療用品也隨即送到家裡。

阿華出院前便開始盤算回家後好好吃些自己喜歡吃的東西。她知道自己活的日子有限，吃些愛吃的東西不是甚麼奢望。阿華列了一張清單給阿田，主要是疫情減緩後兩人經常去吃的粵式點心，要他逐樣買、慢慢買。還有她念念不忘的、一直想吃的日式蝦天婦羅。可是人算不如天算，她的口腔潰瘍實在太嚴重了，連腸粉、皮蛋瘦肉粥、蘿蔔糕都吃不了、吞不下了！

阿田馬上改變料理方式，把可用攪拌機攪碎的食物，例如西蘭花、水晶梨、蘋果、魚肉等，先攪碎。另外煮蒸滑蛋、稀粥，讓她配肉鬆吃。還去買了高蛋白、低糖份的 Ensure 營養飲品和布丁等食物給阿華吃。

2022 年 10 月 10 日早上，阿華起床後扶着助行器從房間出來，向左拐彎坐上長沙發。阿田已準備好她的早餐。可是不論阿田怎麼叫她，她都沒走到餐桌前。阿田發現她不能站起來，馬上叫救護車送阿華進 RVC 醫院的急診室。

第十章

殤！

阿華於 2022 年 10 月 10 日又進了 RVC 醫院急診室。隔天出院，但沒有回家。

救護車護理員很快就推着擔架床進門。他們量了阿華的血氧飽和度、血壓、脈搏、呼吸速率、體溫等生命表徵後，問了阿華的狀況，然後迅速將擔架床推出家門、乘搭升降電梯，將擔架床推上救護車。阿田緊跟在後，也上了車。

救護車人員聽急診部接待櫃員的指示，將阿華移到停在一組急診室外面通道的病床上。接着，護理人員頻頻來量取阿華的生命表徵，也頻頻抽取阿華的血。阿田問那些來抽血的人，為甚麼不斷抽血。抽血人員只含混地說，要做化驗。

阿華口腔嚴重潰瘍，覺得又乾燥又刺痛，不斷要護理人員給她添加碎冰粒，以便含在口中，舒緩口腔的不適。她也好幾次要阿田掀開蓋在身上的薄毯子，幫她換上乾爽的自備小衛生巾。

通道上沒有空間擺放椅子，阿田站累了，只能到急診部

入口的候診病座位找空位歇歇腳。醫護人員問阿華要不要喝果汁或牛奶，阿華要了牛奶，但不要芝士三文治。阿田去院內的 Tim Hortons 買了一個鬆糕（muffin）給阿華，希望軟軟的糕，含在口裡，變得更軟，比較容易吞下。阿華只吃了幾口。

阿田知道，阿華跟他一樣焦慮。還要等多久才能見到主治醫生呢？將近黃昏的時候，一位自稱為 Lee 的醫生才出現，從電腦螢幕上仔細看了阿華的病歷後，又直接詢問阿華的感覺和身體狀況。阿華一直強調，她要的是姑息治療，不是積極醫療。她想回家，或去姑息治療所。

醫生吩咐護理人員將阿華搬進醫院另一翼的一間病房。阿華在病房安定下來後，醫生又來看她。她又對醫生說，假如姑息治療所沒空位，她想回家。醫生說，醫院目前沒有姑息治療區，目前的病房就可進行姑息治療。阿華很不情願地說，那她寧願回家。醫生向阿田和阿華表示，阿華目前的身體狀況非常不適宜出院，因為出了院，可能馬上又要入院。他又對兩人說，積極的療法是用一根姆指尖到尾指間長度的針刺入心臟處理積水。他不建議阿華接受這樣的治療。這種治療不符合阿華的意

願。

他跟着說，我等下會開藥，Dilaudid，從阿華的靜脈輸入，減輕阿華的痛苦，讓她的呼吸更加暢順。醫生再簡單地解釋一遍後便離開病房。

一名護士隨即將一包液體裝在點滴架上。阿華開始接受Dilaudid，閉上了雙眼，好像準備安心地睡一覺。

阿田用雙手默默地握着她的左手，情緒波動。見到阿華安詳的模樣，既喜悅，也難過。他不知跟阿華說甚麼好。自從阿華知道自己癌症復發後，阿田已多次在阿華面前淚流滿面。阿華反而安慰他說，兩人總是有一個要先走。不是你，就是我。死於癌症，是不是好過死於老人痴呆症。手尾沒那麼長，也比較不會禍及無辜的親友。

阿田突然輕輕地拍拍阿華的手，輕聲對她說，華，你想不想見你幾個好朋友。阿華說，見誰？阿田說，譬如依莉、依蓮、桂芳、大川和婕妮。阿華說好。阿田分別打了電話，說阿華現在 RVC 醫院，想見你。不久後，依蓮、依莉、大川和桂芬先後來到。婕妮住得較遠，阿田

沒打電話給她。

依蓮第一個在阿華的床尾出現。阿田在阿華耳邊輕聲說，依蓮來看你。阿華張開雙眼，露出微笑，阿田用右手抓阿華的左手，將她的前臂豎舉，向依蓮揮了幾下。依蓮也向華田兩人揮手，笑容滿面地說，阿田說他在醫院陪你，我來探你們。跟著將一包牛油餅乾和一支瓶裝水放在阿田背後的一張小桌上。對阿田說，晚一點餓了可以吃。阿華和阿田不約而同地說，多謝你。跟著，依莉和大川桂芬夫婦也先後到來。阿田照樣抓著阿華豎起的左手前臂向來客揮手。阿華仍然躺著，微笑迎接訪客。

阿田等訪客到齊，指著點滴架上的藥包說，她心臟積水，衰弱跡象明顯，但她表示不願接受積極的長針刺入放水的醫療程序，醫生便給她點滴藥物，減輕她的痛苦，也讓她呼吸暢順一些。阿田跟著代阿華問他們近來的工作情況。他們只是簡短的述說幾句。並在華田兩人面前互相交流了近況。阿田和阿華沒有多說話。過了一陣子。阿田對他們說，夜了，你們還是早點回家，明天還要上班呢！

阿華也說，你們回家吧，謝謝你們來看我！依蓮和依莉便一起告別。兩人在醫院外面交換了手機號碼，以便聯絡。大川和桂芬則對阿田和阿華說，他們累積的年假太多，被迫放了兩星期的長假，他們當晚可以留下來陪阿華和阿田，並可以常來探望阿華。阿華微笑着聽着，不時謝謝他們。

阿華不久後又沉睡了。胸部有規律地起伏，面部安詳。大川夫婦和阿田小聲聊些雜事。天亮後，阿田等大川和桂芬吃了買回來的簡單早餐後，對大川說，請他載他回家服三高和控制心律過速的藥。那些藥都在家裡，沒帶在身邊。他說，他超過二十四小時沒睡了。想回去洗臉、刷牙、小睡一陣。阿華如出現特別狀況，請桂芬通報。大川立即載阿田趕回醫院。如果交通暢順，回醫院只需十分鐘。

桂芬在阿田躺上床不久就來電話給大川，說阿華胸部的起伏開始減弱。大川和阿田趕回病房時，桂芬右手握着阿華的左手。對阿田說，她的手是冰冷的。護士已驗證，阿華已沒有生命表徵了。阿田摸摸阿華的手，默默無語。他看阿華的臉，雖然消瘦憔悴，卻顯然是安詳

的。三十年前美翠臨終模樣，又在他腦海裡浮現。當時美翠貼近枕頭的眼角掛着一串淚珠！現在的阿華卻是安詳的，沒有淚水。

因為沒有事先安排神父為阿華祈禱，便由一位在場的基督教女性神職人員代行。阿田和大川夫婦雖不是教徒，也參與了簡單的祈禱儀式。

跟着一位院方人員對阿田等人說，阿華的遺體暫時存放在醫院的冷藏庫，但在限定期限內必需轉移到選定殯儀館的冷藏庫。阿田等收拾了阿華穿去或帶去醫院的衣物後，離開醫院回阿田家。大川和桂芬約定阿田第二天開始尋找離家較近的合適殯儀館。

阿華臨終前見到的四個老友，加上婕妮和大川和桂芬的兒子雨果，後來都瞻仰了阿華的遺容，在神父示意殯儀館人員蓋上棺木之前，每人都向阿華獻上一朵紅玫瑰花，肅穆地鞠了躬，跟阿田輕輕地擁抱了一下。

獻花的六人也都到了火化場，肅穆地看着阿田按下火化鈕。

阿田對阿華這幾位老友表示，他不想邀請其他人來，顯得勞師動眾。他只想讓阿華悄悄地走。他也不想其他人見到阿華的遺容。他把阿華美麗的方方面面，在追思會上用精選的相片，在特選音樂背景下，以幻燈重複播放的形式，呈現給一個小型追思會的出席者。

阿華去世幾天後，她的遺體從醫院的冷藏庫轉移到殯儀館的冷藏庫。阿華這次出院後沒有回家。

阿田一直沒收到送阿華進急診室的救護車的賬單。原來出院沒回家的病人不必付這筆費用。誰付呢？阿田不想追究。

第十一章

人禍

有生必有死。死亡是生命的終結。這是自然法則。

這自然法則經常由天災人禍來遂成。在遠古時代，人類還沒有預測火山爆發、海嘯、地震等自然災害的本事，不事先撤離災區或及時逃離災區，造成無數傷亡。現今科技發達，直接死於天災的人數遠比古時候少，卻仍有引起大量死傷的天災。但是，如果我們仔細追查，就會發現，這類天災之所以造成大量傷亡，往往與人禍有關。最明顯的例子就是發生於 2008 年的四川汶川大地震，接近七萬人在那場地震中遇難，但有無數學童，其實死於校舍的豆腐渣工程。

真正的純天災不多，彗星撞地球是其中一例，可是非常罕見。天災背後的人禍，往往才是奪命元兇。

物種既有演化現象，病毒自然變異符合自然法則。因此，瘟疫的出現可以是純天災。但瘟疫的蔓延和大流行，則可能是某群人防範不足、採取的措施不當所引起的。

中國武漢病毒研究所安全措施不足。實驗室可能洩漏病毒。病毒自然演變需要很長時間，因此人工合成武漢肺

炎（又稱為 Covid-19）病毒的可能性極高。即使病毒來源至今未能確定，中國疾病控制中心則下令刪除有關數據，包括病毒中間宿主的數據。官方更故意隱瞞病毒有人傳人案例的事實，撤掉中國學者在期刊上發表的有關論文和染病毒患者的資料，並阻礙科學家的調查。換言之，中方在疫情爆發一個半月後，並未根據國際衛生條例，及時將疫病的傳播通報世界衛生組織。在世界各地缺乏防範和隔離的措施下，病毒便由大量離開武漢的感染者散布到中國各地和世界各國。

總而言之，因為中國官方隱瞞疫情，這場大瘟疫基本上是一場人禍，而非天災。

根據 Worldometer 資料庫統計，截至 2023 年四月底，全球累計死於新型冠狀病毒肺炎的人數超過 690 萬。間接受疫情影響而死亡的人數則不詳。新冠病毒患者佔用了大部份或接近全部的醫療人力和設備的資源，延誤了其他病患接受門診、檢驗和手術的恰當時機，造成了無數意外的嚴重健康危害和死亡。這類傷害和死亡的數量，從 2019 年 11 月在武漢出現的第一個病例後，便難以統計或估計。

阿華和阿田就是這人禍瘟疫的間接受害者。兩人及時連續打了四針防病毒疫苗，除了健步行來回超市和外賣餐盒店之外，大部分時間都躲在家裡。身體有甚麼小毛病，只能透過電話問診。家庭醫生不見門診病人，每年一次的身體檢查就不得不押後。阿華子宮頸癌復發沒趁早發現，也許跟延誤了年度體檢有關聯。

一度嚴峻的疫情也給人帶來沉重的精神和心理壓力。每年一度赴美國和臺灣跟子女和親友歡聚的旅程，本來是阿華舒暢身心的候鳥之旅，卻因疫情而無法遂行。臺灣那邊兩個兒子先後通了心血管，裝了支架。兒子的健康情況和其他家庭問題也令阿華感受更多的身心壓力。不少醫學文獻指出，極大的精神和心理壓力容易誘發癌症。

子宮頸癌由某類人類乳突病毒（HPV）引起。阿華二十多年前患子宮頸癌的時候，防 HPV 病毒的疫苗還沒面世。在她四十多年的年輕歲月裡，有太多空間不慎感染這類病毒。將這病毒傳給阿華的人，可能是阿華的前夫，可能是阿田、也可能是其他人。目前來說，這不需要認真追究。重點是，她的子宮頸癌症終於醫好了！

阿華在 SB 癌症中心接受電療和化療後，又通過了前後十年的覆檢，她的主治醫生告訴她，恭喜你，你已是癌症生還者了！你以後不必作抹片檢驗了。

阿華後來見家庭醫生時對家庭醫生說，癌症醫生說，她以後不必每年做抹片檢驗了。是癌症醫生說錯話，還是阿華會錯意？阿田和阿華從來沒仔細回想癌症醫生那句話的真正涵義。連家庭醫生也忽略了阿華轉述癌症醫生的話是否正確。

假如阿華每年也接受抹片檢驗，即使舊症復發，可能也會在較早期就發現了。《阿華與阿田》後半部可能就不一樣了。阿田也不必寫《老鰥夫阿田小語》了！

致於阿華癌症的復發，是不是防新冠病毒疫苗觸發的，則一直是阿田的疑問。目前，醫學界可能還沒足夠的病例促成這類研究的進行。

阿田因此認為，可以說，阿華死於一連串的新人禍和一些舊人禍。

第十二章

後記

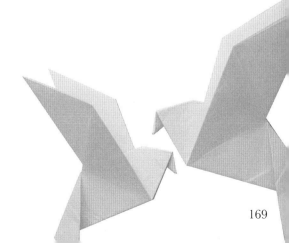

三十年前，四十六歲的寡婦阿華遇見了四十六歲的鰥夫阿田，兩人因緣邂逅，結為夫妻，攜手走上他們的第二春所展開的人生新旅程。

兩人在人生新旅程中，創造了一個人世間的真實愛情故事。兩人情投意合，對人生目標和價值觀念，也志趣相近，謀求生計，經營事業，都腳踏實地、按步就班，不事冒進，不貪圖名利，不嚮往權勢，不做損人不利己的事，更無謀財害命的念頭。兩人都是普通人，但求平安、健康、行動自由、精神舒暢、能安眠、有口福、盼望事事順利、享有快樂時光。兩人也都信守婚姻諾言，不搞婚外情。如此人格和品性的普通人所展現的真實愛情故事，自然沒甚麼曲折離奇、驚天動地、驚心動魄、怪誕荒謬的情節。有些讀者閱讀他們的故事，可能覺得淡而無味，甚至有味同嚼臘的失望感。

如今故事女主角已經去世。對我「無印良筆」來說，故事說不下去了！我說過，我只是故事編寫人，不是創作者。但我是故事的第一個讀者。我相信，有些讀者讀了阿華和阿田的故事後，會跟我一樣，覺得兩人的故事，並不僅僅是愛情故事。

實際上，阿華和阿田的故事並未真正結束。故事仍在阿田心裡和她的親友的心裡繼續展開。因為，大家都懷念阿華。

阿華很喜歡米奇（Mitch Albom）所寫的小說《最後 14 堂星期二的課》（Tuesdays with Morrie）。小說主角是一位患了「肌肉萎縮側索硬化症」（ALS）的老教授莫利（Morrie Schwartz）。這病會令患者肌肉由下至上逐漸萎縮，最後像靈魂被封印在軀殼，全身都不能動，但神智却非常清醒。莫利患病在家接受安寧療護期間，參加了一位舊同事的喪禮。參加喪禮的親友在追思會上講了許多讚美死者的話，可惜死者無法聽到。莫利有鑒於此，決定替自己舉辦一場在生的喪禮追思會，邀請親友參加，開心地聽他們說盡自己愛聽的好話。

此後，莫利教過的學生米奇每星期二都去探訪他、前後總共去了十二次。莫利每次都會拿一個話題來談。其中包括：世界、自憐、遺憾、死亡、家庭、感情、對衰老的恐懼、金錢、愛的永恆、婚姻、文化、寬恕、完美的一天、告別等。聽眾有時包括其他在場的訪客。米奇將他和莫利之間的對話錄了音，寫成書，留下了不少莫利

的珍貴警語和金句。

我知道阿田最近在翻閱這本小說。阿田和阿華先後都讀了這本小說，也看過根據小說拍成的電影。阿華讀了這本小說兩遍，看過電影兩遍。她曾對阿田說，最令她感動的，是莫利在生時接受親友們為他舉行的追思會。她說，她從沒想到有這樣的追思會。

我「無印良筆」在本故事引言中說過，我來自多維時空。我活在地面的世界上，也活在許多人的感知空間裡，同時也活在虛擬時空中，並且在時間軸上穿梭。我是一個作家，不管我從多遙遠的地方來，如果我只活在地面的世界上，我是無法完成任何有意義或有價值的作品的，特別是愛情故事。

阿華和阿田的故事發生在地面上。文字記載下來的故事雖存在於虛擬的時空中，另一維度的時空中，仍是真實的故事。阿華是個善良、慈悲、親切、友愛的普通人，我很希望有人能虛構一個她在生時她的親友為她舉辦的一場追思會，讓她聽見出席者說盡她喜歡聽的好話。我編寫真實故事，不能虛構故事，因此只能託夢給老鰥夫

阿田，希望他的某一則小語能描述一個阿華在生時親友們為她舉辦的追思會。

在我的想像中，阿華在這樣的追思會上會談貓、狗、松鼠、麻雀、知更鳥、烏鴉、鴿子、海鷗、加拿大雁。她也會談她如何喜歡這些動物，如何跟牠們互動。也會談起她如何在公寓樓園區某個角落設置自製貓舍收養流浪貓。她會提到行人道上的蚯蚓和蝸牛，甚至螞蟻。提到她如何用紙巾將路邊給汽車撞死的小動物屍體移到草叢中和土堆上。她不會自個兒滔滔不絕地講話，她也會當好聽眾，留心聽他人說話。

但我不能描述這些沒真實發生過的事。這行為不符合我作為寫實作家的身份，違背我的職業道德。因此，我只能寄望於阿田。

老鰥夫阿田小語

阿田

[0] 我是多倫多新鮮出爐的老鰥夫阿田。也許是鰥夫中的新秀吧,才會有人讓我扮演一個愛情故事的主角。我隱隱約約知道多倫多有一位神秘的自稱為「無印良筆」的人士正在寫我和阿華的故事。他雖然是個神秘人,雖然自稱「無印」,事實上卻跟我心心相印。我肯定他在寫我和阿華。我夢見他曾以魅影的姿態,雙手捧着阿華鑲了框的遺照,神情嚴肅地對我說,她就是阿華,對不對?好老婆!好故事!頂呱呱!夢中所見,雖有託夢的意味,總是不能作準,所以我只是隱隱約約地知道這位神秘人的存在。

我知道他動筆的動機是良善的,因為故事的主角阿華和阿田都是善良的人。寫善良人的作者動筆的動機當然是良善的。他寫這故事我是放心的。但我擔心他可能不能洞悉我的內心世界。所以我要跟他競賽。他寫我也要寫。可以的話,我也將託夢給他,讓他知道我也在動筆寫下我的內心世界。希望他的書完成後,可以把我這些小語附在最後一章後面。

[1] 所謂「老鰥夫」既可指當了長久鰥夫的男人，也可指老了才當鰥夫的男人。阿田是後者。不過，如果他命長，也能成為當了很久鰥夫的鰥夫。目前，他才喪妻不久，可以說是「新鮮出爐」。如果他不再娶妻，同時注重養生，生活檢點、保重身體，很可能長命百歲，晉升人瑞之列。

再娶妻不是他的好選項。娶年紀輕的還是娶年紀大的？娶年紀輕的，妻子可能成為寡婦，娶年紀大的，他可能再度成為另一爐出來的新鰥夫。即使新結的伴侶相處融洽，生活美滿，最終還是其中一個要先走，人世間又多了說不盡的死別悲痛。何苦呢？乖乖地當兩重意義的鰥夫才是上策。

這番思量不過是阿田在孤寂難耐時的胡思亂想，用來淡化喪妻之痛。他恨不得妻子尚在人間，跟他一起再續五年或十年的共同時光。如果上天認為五年太長，一年也好。如果上天認為一年仍然太長，一個月也好。然而上天不仁，竟在她給救護車送進醫院急救的隔天凌晨便讓她因心臟衰竭而去世了！

死別實在來得太突然了！

妻子阿華幾年前看過一個電視影片，實錄臺灣一個男人推着坐在輪椅上的妻子環島旅行的情節。她當時對阿田說，如果有一天我不幸要坐輪椅了，你願意這樣推着我環島旅行嗎？

阿田回答說，要去環島幹嘛要等到你要坐輪椅的時候才去呢？兩人都健康的時候去不是更好？

原來這不過是一場春夢！做過這種夢總比沒做的好。阿華走得那麼突然，讓兩人再重溫舊夢、或一起做另一場春夢的時間也沒有。

阿華已經不在人間了。當然她還是活在阿田心中。他希望她永遠活在他心中。

他透過電郵或 WhatsApp 讓親友知道阿華的死訊。有幾個「神棍」式的基督徒親友覆訊安慰他說，她蒙主恩召，請你節哀順變。他不但不受安慰，反而冒起無名怒火。心想，你們說的是風涼話吧！是你的親人這麼突

然、這麼過早被召喚，你們會欣然應召嗎？

在阿田看來，這樣的神是不仁慈的！

阿華去世後，阿田經常想起他跟阿華在香港婚後不久兩人間的一場對話。

阿田問阿華說，我倆能夠結婚是因為我喪妻，你喪夫。對不對？

她說，對啊！

他問，為甚麼我會喪妻，你會喪夫呢？

她說，上天安排吧？

他問，會不會是我剋妻，你剋夫呢？

她猶豫了一下說，可以這麼說吧！

阿田心想，照這樣說，我豈不是剋死了阿華？

三十年前兩人談論喪偶的天命時，兩人都還不到四十六歲。他們其實並不相信八字命理之說，因此婚前也沒拿兩人的八字和屬相去算命。兩人因緣巧遇，雙方都覺得跟對方情投意合，便毫不猶豫地結了婚，並一起移居多倫多。

兩人婚後的生活基本上是美滿的，二十八年來，相依為命，關係比他倆遠在香港和臺灣的兒子和繼子還要密

切。不是沒有吵架，吵架時都曾經怒言要跟對方分離。可是「恨不得分離」只是一時的氣話，從來沒有付諸行動。兩人在不同的生活層面上和心理領域裡雖有不同的強弱勢之分，不同的霸道行為，不能完全磨合的生活習慣、不能完全沒有分歧的價值觀和人生觀，卻都感到對方給自己帶來歡樂溫暖。如果說，八字命理上的「相剋」可以解釋夫妻間的各種分歧和爭吵的現象，那麼，夫妻間的歡樂和某種程度的融洽，是不是八字命理上的「相生」呢？

順天命的有情眾生，不敢得罪上天，便把令喪偶人哀傷悲憤、活活受罪的苦難說成是夫妻相剋置死對方的後果。

如果喪妻喪夫根本就是天命，那麼，剋妻或剋夫只是天命的換一個說法。在阿田看來，人世間有剋妻和剋夫的事，更是上天不仁的明證。

[3]　　阿田在廚房內煮東西的時候，房間裡的電腦是開着的，突然傳來一個由女聲帶引的群眾祈禱聲，禱文好像是用意大利文說出的。他馬上回房間看電腦螢幕，原來上一個節目已經播完，這個節目自動續上。是梵帝岡教廷舉行前羅馬天主教教宗本篤十六世葬禮的現場直播。他第一個念頭就是趕緊叫阿華來看。跟著馬上想到，她已經不在了！他感到心很酸，就讓那直播節目繼續播放，彷彿阿華在觀看。

阿華從小便進天主教學校讀書。長大後自然成為天主教徒。跟前夫婚後相夫教子擔任教職維持一家生計，忙得不可開交，可能沒多餘時間上教堂望彌撒，坐在教堂的長凳上讓自己稍為恢復一點元氣。是不是這樣阿田從來沒問過她。現在突然想問她，可是她已經不在了！

阿田曾經告訴阿華，他媽媽在他小時候，便把他和他的弟弟送去主日學。中學時期，信奉基督教的父母也要兩兄弟陪着父母上教堂。上主日學和教堂的承諾是和兩兄弟的零用錢掛鉤的。即使如此，阿田到目前還沒成為基督徒。他上臺灣大學的時候，學校附近有一間教堂，他曾經想進去，後來只寫了一篇《散步在神殿之前》的文

章投去大學學生報刊登。

阿華很明白阿田對基督教和天主教的想法，從來不對他傳教。也從來不把兩人親嘴的綠燈跟陪她上教堂的舉動掛鉤。實際上，她來到多倫多之後，也很少上教堂，偶爾才跟朋友去一趟。可能是因為阿田未必願意陪她一起去的緣故。可是她每日都數念珠、唸《玫瑰經》。偶而也上網望彌撒。如果說信仰是個人和神之間的一對一的關係和互動，阿華誠然是虔誠的天主教徒。

那現場直播的喪禮彌撒，讓阿田想起二十三年前阿華曾經請他陪她上教堂望彌撒的舊事。

二十三年前，阿華患了子宮頸癌。家庭醫生介紹她去多倫多 SB 醫院癌症中心看門診。主治女醫生將初步的檢驗結果告訴她：不是最初期，也不是末期，可以治癒。她就在這家醫院接受化療和電療，雙管齊下。

阿華就是在那個時期有幾次要求過阿田陪她上教堂望彌撒。當時她對自己很有機會從癌症康復充滿期望和信心，也衷心感謝神的恩典，讓她有機會祈求神讓她繼續

活下去。

神的確聽見了她的祈求。整個療程走完後，接着是每三個月覆檢一次，過了一段時期，每半年覆檢一次，跟着每年一次。如此前後經歷了十年，主治醫生對她說，恭喜你，你康復了！你已經是癌症的生還者了！

可是這次癌症復發了，神卻沒給她足夠的時間讓她向祂祈求給她在人間多留一些日子！

三年多的 Covid-19 大瘟疫剝奪了無數人的時日，限制了無數人的行動空間，對末期病人來說，不多的時日一下子沒了，侷促的行動空間一下子化為烏有，是多麼殘酷的人生經歷啊！

阿田心想，也許大瘟疫令神也變了！祂也感染了病毒！可能沒有發燒，但顯然遲鈍了！

[4] 　阿田整理阿華遺物的時候，在某書櫃最下格發現一罐帶殼花生，是阿華用來餵附近的松鼠的。其中一隻她叫牠為 Wolly 的褐色松鼠，阿田也認識。在通往附近藥房和郵局的一個路口有一塊大石，Wolly 經常在大石周圍活動，那地點成為牠等待阿華經過的「老地方」。阿華不是每天都會經過那裡，但每次經過，都會在石頭上擺放幾粒花生。阿華走離大石十來二十步的時候，回頭就會見到 Wolly 爬上大石拿花生，有時候馬上剝來吃，有時候會唧着一粒花生，連忙在大石邊用雙手耙泥土，準備挖個洞把沒吃的花生藏入洞裡。

Wolly 聰明，知道阿田是跟阿華一起經過的人。有一次，阿華進藥房買東西，阿田在藥房樓大門外等阿華出來，Wolly 不知甚麼時候出現在阿田面前，個子小小的，胖嘟嘟的，站直身子，縮著兩隻小手，雙眼朝阿田的眼睛巴巴地盯着。阿田知道牠在討花生，可惜花生在阿華身上。阿田不想嚇走牠，戰戰兢兢地一絲不動地跟牠對瞧，直到阿華出來，給了兩粒花生，牠才迅速溜掉。原來那天兩人走過那「老地方」時沒放下花生，Wolly 便尾隨他們追到藥房大門外。

這已是將近兩年前的事了。自從地鐵新延線和新站在附近開工後,「老地方」一帶的馬路邊和人行道成為了放置施工工具和器械的場地,Wolly 的身影不知何時便沒再出現了。

現在,大概某項工程已告一段落,「老地方」一帶恢復了昔日的寧靜。說不定 Wolly 已經回來活動了。阿田心想,該找一天帶一小包花生去「老地方」看看能不能碰到 Wolly。

阿華是個頑固的小動物愛護者。不論春夏秋冬,只要外出,身上總會帶着一小塑膠袋的帶殼花生,用來餵松鼠。除了 Wolly 之外,附近記性好的松鼠會在她餵牠的「老地方」等候她的出現。雀鳥則只有在冬天才能吃到她撒給牠們的鳥食,而且只限於躲在住宅附近人行道旁邊矮樹上的雀鳥。阿華經常陪着阿田由住宅區入口左邊或右邊的人行道健步行走到左邊或右邊的超級市場。阿田通了心臟的一條血管後,醫生吩咐他要多做運動,至少要每日健步走一小時以上。阿華樂得陪阿田走,等於活動活動自己的筋骨,順便幫阿田提多一點雜貨回家。

阿華夏天是不餵雀鳥的。她對阿田說，雀鳥一到春夏之交，心便野了，不是由吃素轉為吃葷，忙着啄食泥土中或草地上的蟲類，便是春心大動，爭先恐後地忙着求偶。

至於蝸牛和蚯蚓，她不曉得要餵牠們吃甚麼。當她見到有蝸牛或蚯蚓橫過人行道時，總會停下來，彎着腰，用一張紙巾捏起牠們，小心翼翼地將牠們轉放在旁邊的草叢中。

她也經常用較多或較大的紙巾，把躺在行人道上的松鼠、雀鳥、蝸牛、蚯蚓等小動物遺體，搬到路邊的泥土堆上面或草叢裡。

所以阿田曾經對阿華說，你可真是小動物的天使啊！

阿華在世的時候，這兩段人行道上的各色松鼠、各類雀鳥、蝸牛、蚯蚓等小動物，都有機會成為阿華對小動物的愛護的受益人。

[5] 　根據氣象報告，多倫多地區今日整天會下雪。阿田呆在家裡，吃了午餐，收拾了餐桌，洗了餐具，便到陽台，一邊抽煙，一邊看周圍遠近的雪景。

這是多倫多今年的第一場雪。從今天凌晨便開始飄雪，斷斷續續，卻還沒把周圍的樹木披上白衣。從五樓陽台居高臨下望出去，遠近屋頂都鋪上一層白雪，住宅園區的綠草坪也換成了白色。

一片片的雪花無聲地飄着，偶爾才有一股較強的風，把一團雪花往公寓大樓某家窗戶吹襲，傳來一、兩響唏哩嘩啦的聲音。

站在陽台的欄杆后面，在清新的空氣中，看着紛飛的雪花，卻沒有狂風或疾風的騷擾，是打破久待室內沉悶感覺的妙招。如果阿華仍然在世，也會出陽台跟他並肩觀賞雪景的。

阿田心裡這樣想。是他的願望，也是他的回憶。就在這陽台上，兩人確實曾經有好多次並肩站在欄杆後面一起

觀雪，並用行動電話拍下一兩幅雪景，傳給在香港、臺灣或美國西部的親友。

阿田看著飄雪，很自然地想起他和阿華剛在多倫多第一次碰到下雪天的情況。當時兩人趕緊披上外套，到戶外去感受雪花輕輕飄落身上和臉上的感覺，非常興奮，覺得很浪漫。兩人沒有車，在冬季下雪日的時候，經常要一起踏雪步行到超級市場購買食品和雜貨。這樣的路程有時候走起來很艱難。對下雪天的回憶便好壞參半了。不過，兩人互相扶持、一起踏過白雪和雪泥的浪漫情景，二十多年來，一直是兩人沒其他話題可聊時的話題之一。

阿華曾說，雪片、雪花、雪粉，都是白的，碰到人類和汽車，便變黑了，甚至變成髒兮兮的雪泥和雪泥水。馬路上的汽車壓過路邊的雪水或雪泥水，經常會把飛起的雪泥或雪泥水濺到行人身上。阿華最怕的就是這種飛來橫禍。

阿華又說，假如沒有汽車，從平地到山頂的雪都不會變色。

阿田記起阿華的話是很自然的。多倫多居民每年都有接近一半時間要跟雪打交道。對阿田來說，看到雪想起阿華也是自然的事。今冬是阿華不在的第一個冬季，但阿華仍然活在阿田心中，陪着阿田一起過冬。

阿田最近看了一段描述寄生蟹在淺灘上爭奪外殼的生態影片。靈機一觸，突然醒悟，原來阿華也以一種特別的形式寄生在他心中。他的心和他的整個身體，就是阿華的蟹殼。她在他的心中安息，也隨着他的行動移動。沒有其他競爭者跟她爭奪這具外殼。

阿華可能去了一個他不知道在何處的地方安息。可是他肯定，阿華在人世間也有一個安息所。想到這點，阿田感到很安慰。

[6] 阿華最喜愛和接觸最多的動物是貓類和狗類。

她經常對阿田說，貓和狗是兩類性格和性情極不相同的動物。狗類對主人以外的人通常比較友善，只要跟牠接觸的人懂得使用恰當的身體語言。即使是給主人拖着在人行道上溜的狗，只要主人發出許可信號，而路過的行人也顯示願意友善對待牠的姿態，通常會讓那路人摸摸頭或脖子。貓比較孤傲，對人冷漠，對牠常見的人也不一定願意親近。

阿華養了一隻雌貓，阿田多次親眼目睹，不是牠願意親近的人若是想摸牠，甚至只是走近牠，就會齜牙裂嘴，發出呼呼怒聲。牠見到對方伸手接近牠，馬上舉起一隻張爪的前肢想格開伸來的手。但是，如果牠信任一個人，就會腹部朝天，展開四肢，癱在地上左擺右顛，模樣非常妖嬌。不過，那是雌貓的表現，雄貓是否也如此他就不知道了。

阿華這隻雌貓叫做咪咪，是隨他們搭飛機從香港飛來多倫多的。那時是 1994 年，距離中國收回香港主權只剩三

年。一般規定動物乘搭飛機必須裝在籠子內，而籠子只可放在貨倉內。阿華怕咪咪旅途辛苦，曾有將牠轉送居港朋友收養的念頭。阿田當時勸她說，還是帶牠走吧！不然你將來會後悔的。阿華後來發現，寵物貓抵達加拿大後不必接受一個月的檢疫隔離，只要有經獸醫體檢打預防針的證明書就可以了。阿華於是決定帶咪咪上飛機，趕緊去選購了一個貓籠，讓咪咪先適應籠居生活。

1996 年，阿華和阿田在一棟公寓大樓買了一個單位。該住宅大樓的管理處禁止住戶養動物，也禁止訪客帶動物進入大樓。咪咪是給裝進用一塊布遮住的籠子潛進去的。從來沒有光明正大地進出那個公寓單位。

咪咪就這樣偷偷地在這公寓單位內住了 13 年。牠晚年患了嚴重的口腔癌，阿華請了一名獸醫到訪，讓牠接受安樂死。獸醫將牠的遺體帶去火化後，將骨灰撒在多倫多某墓園內。

咪咪是阿華在香港教學的一位同事送給她養的，是一隻兩色貓。臉部上半的毛是褐黃色，下半連脖子和腹部是一片雪白。兩色界線分明，很像去掉了青豆和雞絲的港

式鴛鴦炒飯，不過茄色較淺，也欠鍋氣。那褐黃色的貓毛，也可以說像深色杏果的顏色。牠的四條腿也是兩色，四爪是白色，爪以上是褐黃色，好像沾了港式鴛鴦炒飯，沾到的茄汁較多、白汁較少。阿華始終不知道牠是甚麼貓種。阿華和阿田曾經查過不少書，也上網搜索過，都找不到跟咪咪完全相似的貓種。稍為相似的有的體型較大，有的耳朵太短，有的臉太扁，有的尾巴太長。總之找不到一隻跟咪咪十分相像的貓種。咪咪的主要特徵之一是牠的耳朵很薄，不太長也不太短。阿田最喜歡摸牠的耳朵。牠心情好的時候，會眯着雙眼豎起雙耳，享受耳朵被摸的「好滋味」。

兩人終於得出結論，咪咪是隻混血貓，一隻很漂亮的雜種貓。

那獸醫帶走咪咪的遺體之前，阿華請他剪下幾撮貓毛給她。她把留下的貓毛裝入兩個方型玻璃瓶內，最小的一撮剪得更細，裝入一個 K 金心形盒吊墜裡，用一條 K 金鏈長期掛在脖子上。

阿田後來將其中一瓶貓毛裝入一個小紙封內，然後將小

紙封放在阿華腹部上面相疊的雙手下。當時阿華已經安詳地躺在棺木裡，棺木還沒蓋上。

可以說，阿華的故事也是咪咪的故事，而咪咪的故事就是阿華的故事。

咪咪是阿華唯一親自收養過的貓，是她的心肝寶貝，密切的伴侶。咪咪走後，阿華不敢再養貓，只設法爭取住宅樓管理處的同意，讓她在住宅園區某個角落放置一個貓屋。她用塑膠布和堅固的厚紙皮箱組合成貓屋，先後收留過兩隻流浪貓，但最終都先後不知所蹤。她說，可能是給在附近出沒的野狐狸之類的較大動物吃掉了。

阿華愛貓在公寓大樓社區內出了小名堂。大樓地面有一戶養貓人家（當時地面住戶是可以養貓狗的）竟然請她當義工式的貓保姆，在他們出國旅遊時每天上門餵他們養的貓，並陪那隻貓半小時或一小時。

阿華很捨得花錢買罐頭貓食餵咪咪，讓牠嘗遍各類美味。可惜咪咪逐漸老了，可能牙齒鬆動了，可能口腔有病患，可能身體某系統或某器官的功能衰退了，開始嘴

刁，有些貓食吃了幾口就不吃，有的嗅一下就沒下文了。阿華只好吧牠不吃或吃剩的貓食拿去餵附近某超市停車場旁邊一個流浪貓庇護所的貓群。

阿華收集了兩大櫃貓公仔或公仔貓，是她數十年來逐件或逐批收集起來的。從玻璃櫃門看進去，裡面有塑膠貓、瓷貓、泥貓、石貓、木貓、銅貓、玻璃貓、布貓、毛貓、水晶貓、招財貓、富貴貓、龍貓、咖菲貓、吉蒂貓、白貓、黑貓、七彩貓、高貓、矮貓、肥貓、瘦貓、大隻貓、袖珍貓、醒目貓、睡貓、厚貓、扁貓、還有不像貓的貓，密密麻麻，形形色色，無奇不有，令觀者嘆為觀止。她的遺囑還替這兩櫃她留下的貓公仔和公仔貓找到新主人──她唯一的孫女。

阿華不但是咪咪的天使，也是附近流浪貓、庇護所貓群的天使。也是受過她保姆式照顧的貓的天使，更是這兩櫃公仔貓和貓公仔和它們新主人的天使。

[7] 阿田從小就很少接觸貓狗之類的小動物。他的父母和叔叔家都沒養這類寵物。他是跟阿華結婚後才逐漸習慣家裡有一隻寵物貓大搖大擺地走動。他始終不讓咪咪走進廚房，怕牠在他煮東西的時候貼近他的腳表示親熱或等待貓食。阿田給阿華的理由是，他煮食時非常專注和忙碌，不時有大或快動作，一不小心，恐怕踩到咪咪，或給咪咪跘跌。人貓都有給濺出來或打翻的熱食燙到的風險。阿華接受他的理由，也儘量不准咪咪在阿田煮食時進廚房。兩人同意讓阿田專司烹飪，阿華則負責洗碗碟等餐具和清潔廚房地板。因此阿田稱她為「廚警」。但輪到阿華偶而客串煮食時，咪咪只要不是正在牠的窩裡酣睡，多數會在阿華的兩腳邊繞來繞去。阿田必須假裝沒看見，否則可能會有一場小口角。

阿田也不讓咪咪上餐椅觀看兩人用餐，更不准咪咪上床或上沙發。阿田的理由是他對貓毛敏感，貓毛會引發他打噴嚏或鼻癢流鼻水，甚至眼睛癢。阿華也接受他的理由，成為兩人的協議。不過阿田知道阿華基本上是陽奉陰違。阿田不在家的時候，阿華偶而也讓咪咪上餐椅、上床或上沙發，一聽見阿田回來的開門聲，就會趕緊把

咪咪趕下餐椅、沙發或床。有時候咪咪來不及下椅、下床或下沙發，阿田也必須假裝沒看見，否則也可能會有一場小口角。

上述「禁區」之外，家裡的整個地面是咪咪的地盤。牠經常大模大樣地四腳朝天仰臥在客廳正中央的地板上，左右翻側。當阿田和阿華都在客廳的時候，如果咪咪不在客廳，阿田會叫咪咪到客廳跟兩人共享天倫之樂。這是孩子們長大後不在身邊時的天倫樂。當然，阿華的繼子永訢離家去波士頓進修博士學位之前，也是這種天倫樂的共享者。

阿華、阿田和永訢搬進這公寓大樓的時候，阿華趁搬運工人不覺，悄悄地提着蓋了一塊布的貓籠進去新家，躲在籠內的正是咪咪。此後咪咪便在該單位隱居了十多年。牠是一隻膽小的貓，一聽到敲門聲，便賊頭賊腦地慌張溜到家裡某個偏僻角落躲起來。如果有人敲門時牠正在門廚走廊上的貓窩裡酣睡，阿華便會向敲門者喊道，Coming！Coming！然後連忙把咪咪叫醒，咪咪便會自動從走廊上消失，而阿華也連忙把貓窩和貓食塑膠缽拿到房間內。

阿華明知該公寓大樓的管理處禁止住戶養寵物，還是願意跟阿田合資買下其中一個單位。當時阿華負責家務，阿田則在附近上班。公寓大樓從門口轉進大廳處又有保安員二十四小時把關，覺得是可以安居的理想住所。

咪咪去世後，阿華曾想再養一隻貓，她知道阿田會贊成。後來一想，她每年都要陪阿田去三藩市一次，探訪阿田的媽媽，也希望阿田能每年陪她去一趟臺灣跟兩個兒子相聚。難題是，出國旅遊之前，必須先把所養的貓託朋友照顧，或把貓送去貓酒店接受陌生人的照顧。兩個選項各有各的麻煩之處，最後決定打消再養貓的念頭。當時他們住的公寓大樓管理處還沒解除禁止住戶養寵物貓狗的規定，否則拜託同樓某個交情較好的住戶在兩夫妻一起出國旅行時上門餵貓也是一個好辦法。可是，如果寵物貓只能偷偷地養，像養咪咪那樣，連鄰居都不讓他們知道，貓保姆便不易找了。如果兩人住的是獨立屋、半獨立屋、鎮屋等可以養寵物貓狗的住所，找住在附近的親友來當個短期寵物保姆，根本是可行的。香港和臺灣養貓養狗的人家出外旅行時，通常也是靠附近的親友照顧他們的貓狗。香港和臺灣人口密集，做這類安排並不困難。多倫多的情況便不一樣。有人住在市

區內，有人住在遠離市區的外圍市鎮，親友住所之間的距離便可大可小，雖有私家車公車代步，遇到上下班交通繁忙時段，碰上大風雪所造成的混亂路況，親友間的來往可能極不方便。因此，想物色願意每天上門的寵物狗貓保姆，並不是那麼容易。

阿田和阿華兩人得出的共識是：多倫多的寵物貓狗活動空間大，牠們可是三生有幸，主人卻要面對不少頭痛的情況。養寵物貓狗除了愛護心之外，還需要長期的毅力，不屈不撓的意志，更要有支付昂貴獸醫費用的心理準備。這些共識顯示，兩人對養寵物貓狗的觀念和感受有融洽之處。就命理範疇來說，這些共識顯示兩人互動之間的「相生」之妙。

[8] 阿華和阿田對養寵物貓狗的看法和意願也有分歧之處。

阿華曾多次說，如果住的地方可以自主、光明、磊落、合法地養寵物，她也會考慮養一隻寵物狗，甚至貓狗一起養。阿田則不止一次對阿華表示，他不喜歡狗的體味，更不想見到狗流口水。阿華對他說，狗沒有汗腺，要靠伸舌頭來散熱，口水便連帶流出來。阿田又說，他也不喜歡狗經常用牠的鼻子嗅接近牠的人。有的狗見到可以接近的人，便快速衝上去嗅他，這類狗他是避之唯恐不及的。有的狗口水整天流個不停，令人見到牠就感到噁心。這都是他不喜歡狗的理由。他補充說，其實他是怕狗的。

阿華曾經對阿田說，狗會辨識怕狗的人。怕狗的人身體會分泌一種體味，讓狗知道這個人怕牠。狗發現接近牠的人怕牠，往往便毫不客氣地做出欺侮對方的姿態或舉動。阿田記得這番話，總是避免接近狗或讓狗接近他，免得狗嗅到他的體味而知道他怕狗。

阿華不但不怕狗，而且喜歡見到狗、親近狗，特別是體

型較大的狗種。在人行道上，或者在公車、地鐵上，她如果碰見給狗主牽出來溜的大狗，就會滿臉喜悅，問溜狗人可不可以讓她摸摸牠。這些給她看中的狗好像斷定了她是友善人士，多數任由她摸摸脖背和體背等比較不設防的部位，讓她溫柔地掃掃這些部位的毛。遇見狼狗、拉布拉多尋回犬之類的狗種，她會雙眼一亮，上前接近，在牽狗人同意之下讓她跟狗打交道。那些給訓練成導盲犬、地鐵警犬、救災犬等的尋回犬，不論是金毛、白毛、還是其他毛色，都是她的至愛。她跟這類狗邂逅親善互動後，會念念不忘，把那美好時刻當作「今日話題」跟阿田分享她的興奮。

某個冬季的某一天，阿華和阿田一起搭巴士到換車前往市中心的地鐵站。巴士在某站停下後，車門一開，見到一個全身臃腫地包滿了冬衣的老婆婆，推着一輛大型嬰兒篷車上來。她把嬰兒車在一排三連敬老座的兩個座位前面擺停後，自己才在第三個敬老座坐下。那三連座在阿華和阿田座位的左前方，兩人剛好能看到嬰兒車的右側，看到裏面的狗頭寶貝，頭頂着厚厚的車篷，兩隻小腳趴在一條粉紅色的圍巾上。兩人相對微笑了一下，便轉頭看狗，仔細端詳。阿華一邊看狗，一邊小聲對阿田

說，牠是一隻 beagle，像 Snoopy 那種狗。接着滔滔不絕地大談狗經。她一直面帶喜悅的微笑盯着對面那隻狗，細聲說，好可愛喔！

阿華發覺對面的老婆婆知道他兩人在看她的寶貝狗，便問老婆婆，她是不是一隻 beagle。老婆婆點點頭，跟着取代了阿華，也談起狗經，不過是狹義的，聚焦她的 beagle 身上。阿華對老婆婆說，I am Nova，what is her name？老婆婆說，She is Amy。阿華提高聲音回答說，Amy，How cute！彷彿也在講給 Amy 聽。老婆婆好像吃了草龍（註1）一樣，大講她的的 Amy 如何乖巧可愛，跟她如何親密，沒完沒了地講個不停，連她的吃喝拉撒也講了，如數家珍。阿華興緻滿滿地聽她講，偶而插上一兩句，不是問句，就是讚語。阿田無心仔細聽她們那場「答客問和拍狗馬屁」的互動，只在旁邊偶而零丁地插上一兩句無關痛癢、可有可無的短句。如此狗經，如今要回想起它的內容，根本毫無頭緒。他只記得那場狗經論壇的開場白，到現在仍然存在他的腦記憶體內，其他的幾乎全洗掉了。他再仔細搜索，終於找到了那天老婆婆講狗經時祭出的一個金句：Long time ago, I lost my human baby Amy。Now I have my baby dog

【註1】草龍是一種昆蟲，廣東話形容那種整天嘰嘰喳喳唱個不停的鳥，會說：叫個不停，是否吃了草龍？「好像吃了草龍」也引申為指一個人話匣子打開便滔滔不絕，但不具貶義。

Amy. Same Amy, both are my babies, but they are different kinds of babies. 阿田想起，那天他一邊聽狗經，一邊胡思亂想，眼觀八方，好打發時間。胡思亂想的收獲是，他也造了一個類似的金句：很久以前，兒子失去了母親，現在又有一個母親，同樣是母親，卻有親繼之別。眼觀八方的成果是：巴士上乘客不多，大家都有座位。沒有站立的乘客擋住視線，因此可以眼觀八方。老婆婆鄰座有三個乘客聽她講狗經，較遠的座位上有幾個人低頭滑手機，更遠的座位上，全部人低着頭，不知在做甚麼。

這樣聽聽、想想、看看，看看、想想、聽聽，幾瞬間巴士就到了巴士和地鐵的接駁站。乘客魚貫下車，老婆婆和阿田阿華三人一狗也不例外。下了車，兩夫妻和老婆婆近距離道別之後，又遠距離互相揮手，雙方顯得依依不捨，好像怕以後沒機會再見面。原來那個站是阿華和阿田的轉車站，卻是老婆婆的終點站。雙方不得不道別，各自上自己的路。

在地鐵上，阿田問阿華：「你剛才為甚麼不摸摸那隻狗？」

阿華說：「她給包得密密的，又給嬰兒車困住，毫無自由行動的空間，她看見你伸手過去，如果她夠醒目，想自衛，肯定用嘴咬住伸到她面前的手。輕輕地咬還是狠狠重重地咬，是另一回事。先咬為上。」

阿田跟着問：「真的會這樣子嗎？她看來很馴，很可愛，會咬人嗎？」

阿華說：「跟狗近距離親密互動，是需要練狗師指導的。不是要摸就摸，好像非禮她一樣。」

阿田又問：「俗語說，上得山多終遇虎，那摸得狗多是不是遲早被狗咬呢？」

阿華笑着說：「不會的。跟狗相處有學問的。需要學習。也要講究時機。譬如說，牠在吃東西的時候有人走近牠，牠會以為那個人要搶牠的食物，可能就會咬人。自然反應，不該怪牠。」

阿田唉了一聲說：「所以呢，我怕狗是對的。再馴的狗畢竟也有獸性呀！」

阿華回答說:「那麼,人出拳頭打人,括人一巴掌。算不算獸性?人類的所謂武術,就是攻擊別人的手法,美其名為武功,自衛術。即使是為了自衛,打人就是攻擊人,就是使用暴力。除了四肢可以攻擊他人之外,人還有各種各類的東西可用來當武器。也經常有人用嘴巴咬人,這跟狗是不是一樣?狗只有嘴巴可用,這跟人類比,狗是蠻可憐的,要有奴才相,能正確地做出奴才舉動,才算一條好狗。其實,最會做奴才的是人類,卻把這種行為的原型說成來自狗類。」

阿田附和她說:「你說得對。人把拍馬屁、出賣自主性、善於巴結、善於迎合上級喜怒哀樂、甘心臣服威權的人叫做『狗奴才』,是對狗的侮辱。甚麼獸性、走狗、狗養的、狗男女、狗眼看人低、狗不理包子、狗屁不通等常用詞語,都充滿貶低狗和侮辱狗的意識。至於把狗肉稱為「香肉」,把人某種神情叫做燙熟的狗頭、對付賤人的武器叫做打狗棒,則是把對狗施暴的行為合理化或常態化。所謂搖尾乞憐,也是暗示狗的賤格,所以用來罵人。」

阿田滔滔不絕地論述時,阿華不時插一句「是的!」阿

華曾不止一次對阿田說，有些狗種雖然兇殘，但比不上
人類的兇殘之徒，狗類也絕對不會有某些人類的邪惡思
想和作為。

[9]　　　阿華逝世後，阿田跟阿華最要好的本地朋友、兩夫妻經常聯絡的本地朋友、密切電訊來往的遠方親友，以及處理阿華後事的機構，都保持聯繫。阿田跟親友的聯繫互動一向比較被動，多數時候讓阿華打頭陣，現在不同了，孤家寡人，必須親自出馬，各種主動或被動的這類聯繫互動比以前頻繁多了。

幾個本地朋友時不時打電話或傳簡訊給阿田，關心地問他的近況，有沒有按時吃飯服藥，繼續給他打氣，希望他保重自己，平安健康快樂地過日子。阿田心情低沉時，也偶而會找某個朋友傾訴情緒和心聲，跟對方互相分享各自對阿華的思念。這類溝通使阿田感到溫暖和安慰，心中充滿感激之情，覺得人間真的有美好的風景和情境。

上天雖然不仁，讓阿華突然過早離世，但也毫不吝嗇地賜給阿田實實在在、快快樂樂地生活下去的力量，替他充電，讓他的心身在未來的日子裏繼續做阿華的安息所。

阿田確實相信，只要他還活着，阿華也一起活着。活在心中也是一種活的方式。他十分肯定這種感覺。

［10］　某一天，阿華的契女（註1）芸妮透過WhatsApp 從香港傳了三張她跟幾個親友共歡樂的相片，其中一張是她和兩個契仔合照的相片。兩個男孩頭上各套着一具自製的醒獅頭，她站在兩男孩中間，滿臉燦爛的笑容。她在相片下的短訊中說，那兩男孩是她最近契上的，是她要好的中學一年級女同學的兒子。

芸妮是阿華的契女，阿華的契女自然也是阿田的契女，但她叫阿田契 Uncle。阿田看了相片和短訊，十分感慨，並憶起自己的童年往事。他跟着寫了一篇長文傳給芸妮。

訊文說：

你傳來的親友相聚共歡樂的相片，以及你與兩個醒獅契仔合照時眉開顏笑的神情，猶如三帖清涼劑，我用雙眼以「三合一的劑量」一次過服用後，竟有全身輕微舒暢的奇妙感覺。年紀大了，真的要學會「見人開心，自己也跟着開心」的本事。你和中一同學保持密切交往，很難得，要珍惜。更高興的是你所開創的「相契產業鏈」

【註1】契女、契仔：乾女兒、乾兒子之意。

已經形成，可以繼續發展。希望你中學同學的兩位公子早日物色到可契的人契之，讓這產業鏈得以延長。

我在印尼的時候，爸爸一位同姓鄉親，在我乳臭未乾時，便將他的大兒子給我爸爸當契孫。這舉動連 IQ 不太高的人也知道有甚麼後果。後果很明顯，我當場成為我爸爸契孫的契父。害得我此後非不得已一直避免跟這位由「相契產業鏈」所延伸出來的契仔見面。幸好我在十二歲的時候隨父母移居香港，脫離了那種提心吊膽「怕相見」的「契老豆」生涯。我的經歷就是給你那兩個契仔的貼士：甚麼年齡都可收契仔，但要大大方方地契他，萬萬不可像他們的契媽的契 Uncle 那麼窩囊。秘訣可能是：主動出擊，親自物色，勿假他人安排媒合。

文訊傳給芸妮後，阿田才發覺自己漏講了一個要點。那位把大兒子給他父親做契孫的同姓鄉親是因為輩分關係，不可把兒子給他爸爸當契兒子，只能給他爸爸當契孫。所以當時有那樣的安排，讓他無端端地有了一個契兒子。忘了說明的還有一點：那無中生有的契子年齡比他大。大多少他忘了，反正那相契的關係確定後，他是怕跟他的契仔見面的。

以前，阿華坐在餐桌前跟芸妮視像通話時，阿田有時會坐她對面，聆聽兩人對話的內容，感受阿華的愉快心情。現在阿華走了，他和芸妮之間的聯繫由間接轉為直接，也頻密了。主要原因是兩人有共同思念的人，讓阿田感到孤寂時有一個遠方的暖爐給他取暖。他慶幸阿華契到這個女兒，也感激阿華間接替他契了這個女兒，更感激芸妮真誠地繼續當他的契女兒。阿華跟芸妮交往密切，經常分享對方的喜怒哀樂，交情和互動勝過她跟兩個親生兒子之間的聯繫。阿田希望自己能延續阿華跟芸妮的聯繫，讓這條「相契鏈」不致於中斷。這就是他認真覆芸妮文訊的原因。

[11] 阿田的親兒子永訢三年前從香港電匯了一筆
美金給他暫時保管，等他回加拿大後提取備
用。永訢要求他把這筆錢存入他和阿華聯名的美元儲蓄
賬戶。永訢因人不在多倫多，不能開設三人聯名賬戶。
後來，武漢瘟疫大流行，病毒肆瘧，乘搭長途飛機一時
成為風險極高的舉動，永訢因此放棄了回加拿大的原定
計劃。那筆錢就這樣原款不動地留在阿田和阿華的聯名
賬戶裡。

現在永訢已去了臺灣，在某大學擔任教職，暫時不會回
加拿大，那筆錢看來要一直在銀行賬戶裡待下去。存放
銀行是安全之舉，可隨時提取。

阿華去世後，情況便不一樣了。阿華單獨名下的銀行賬
戶便自動凍結了。銀行監管部門認為，阿華的遺囑雖然
指定她單獨名下賬戶的遺款受益人，遺囑執行人卻不能
馬上提取，發給受益人。阿華的遺囑由兩位朋友見證，
必須經律師樓安排法院認證後，才能將凍結的賬戶解
凍。阿田必須配合監管部門的要求，取得法院對阿華遺
囑的認證後，才能提取阿華單獨名下賬戶的遺款，發給
受益人。

阿田現在才知道，死者單獨名下銀行賬戶遺款的受益人，必需經遺囑執行人走完這麼曲折煩瑣的程序，才能收到他應得的遺款。他跟着想到，阿華去世後，他和阿華聯名的銀行賬戶立即成為他單獨名下的賬戶，萬一他也去世，他這賬戶的遺款也會遭受凍結，而且並沒指定遺款繼承人（一般儲蓄賬戶是不指定遺款受益人的）。因此他必須超前部署，把永訴暫存在他和阿華聯名戶口的美元匯還給永訴。

這時候，他才醒悟，阿華安息了，卻留下不少大大小小的後事必須由她的某些親友耐心而謹慎地處理。其中有許多事項必須由他單獨面對、承擔和處理。

這類瑣事和雜務可以暫時當作看不見，卻不可一直置之不理。阿田的醒悟又邁進了一步，孤寂感跟着加深。他想起阿華好友佳琳曾經對他說，先走的一半是比較有福的，因為不需要去面對孤獨、思念和去完成一些還沒完成的責任。

是嗎？真的是這樣嗎？阿田暫時不能消除他的疑問。也許這疑問永遠消除不了，正如阿華的安息是永遠的，永遠的……

[12] 阿田將那筆美元匯回永訢後，便一直等待永訢通報收到匯款的訊息。第一天，沒有消息，第二天也沒有，到第三天才來。他頓時鬆了一口氣，好像心頭一塊大石放下了。他跟着點擊永訢日前傳給他的其中一條連結，開啟了日本動畫片《銀河英雄傳說》插曲的音頻聆聽，聽了幾首，覺得有點睏，便上床躺著聽，也許因忙了一整天，實在太累了，不知甚麼時候竟睡着了，做了一個奇特的夢。也許夢做完了，於是醒來。為了能夠記得夢中的情節，阿田沒有馬上起床，而努力回想夢中的情節。是一個關於阿華去世後替阿華舉辦的自助餐追思會。舉辦人不詳。但肯定不是阿田。他只要出席就可以了。他的母親和一個親戚不打算參加，只派了這位親戚的兒子開車送阿田去。

到了追思餐會場所，阿田從門口右邊的小窗口望進去，見到一個廚師臨窗用一個淺煎鍋在炮製一個類似豬元蹄的美食。阿田沒有馬上進去。他向門口左邊走去，經過了一段可看到追思會動靜的窗戶，再經過一段不透明的外牆，來到一個供客人使用的長形露天化妝台。他拿出隨身帶着的梳子梳了頭，便走回門口右側的小窗前面，又看到那廚師在炮製另一鍋類似元蹄的食物，這次

覺得鍋中的東西比較像紅燒肉。看了一陣子，阿田便推門進去。裡面人頭湧湧，每個人都兩手捧着碟子，在餐桌和陳列自助食物的長桌間來回穿梭，非常熱鬧忙碌，但沒有甚麼聲音，看來大家都在默默地用餐，默默地思念逝者阿華。

阿田看了會場活動一陣子後，轉頭向左，看到不遠有一處燈光比較明亮，好像是讓來賓簽到的櫃台。他慢步走過去。坐在櫃台後面的兩位女性工作人員請他簽到。她們問他是不是死者親戚，是不是朋友，是不是鄰居，阿田都一一搖頭。他最後對工作人員說，他是死者的丈夫。工作人員於是把簽到冊翻到最後一頁。出現了兩個名片般大小的阿華的英文音譯名字，是工工整整地印出來的，不是用筆寫下的。阿田對工作人員說，他想在阿華英文音譯名字上方簽名，但不是用筆，而是用條形木製的個別英文字母印章先組合成他的英文音譯名字，然後用組成的印章簽名，以蓋章代替筆簽。工作人員竟馬上從櫃台抽屜拿出一組字母印章組合成他的英文音譯名字。阿田小心翼翼地蓋了章，工整地蓋下他的英文音譯名字。

阿田在簽到名冊上蓋了自己的音譯英文名字後便醒了。
他記得的夢裡情節到此完結。好像人醒來，夢也剛好做
完。

[13] 　　這天，阿田早上醒來時，從睡房的落地玻璃拉門望出去，視野所及是白濛濛一片，同時聽到辟嚦啪啦勁風吹襲門窗的聲響。他忍不住拉開玻璃門，站在陽台的圍欄後觀看樓下園區、遠方和天際的雪景。寒風刺骨，他沒多久就躲回房內了。

又是個要老老實實待在家裡的惡劣天！做甚麼事好呢？要做的事可多呢。吃早餐、準備午餐、繼續找些阿華的遺物來整理、回覆親友的文訊、透過電話理財系統查銀行戶口的結存款額、近期的入賬和扣賬紀錄和支付賬單、開洗衣機洗衣服、洗澡、清潔廚房和廁所的地板等、清理冰箱內的食物、清除過期零食、清除過期罐頭和罐裝食物等，還有：看書、聽音樂、做體操、打電話跟親友聊天、上網找東西看、玩手機上的電子遊戲等。只要他能夠單獨做的，都是他的選項。真的覺得極度無聊的時候，也可多喝熱茶和各類低卡路里無糖冰凍飲料增加小解次數，「無中生有」地創造額外的選項。當然還可以寫稿。而寫稿的靈感往往在做其他事情時產生，阿田因此沒將它列為一定可以「心想事成」的獨立選項。

阿田反而仔細尋思，如果阿華仍在，還有甚麼事情是需

要兩人合作或共同進行的？兩人坐在餐桌兩邊面對面一邊進餐一邊聽古典音樂電台 96.3FM 的音樂、兩人一起觀看油管（YouTube）平台上的視聽節目、阿華給阿田理髮或阿田給阿華修短腦後的長髮腳、兩人合作給雙人大棉被換上乾淨的被套等。這都是小兒科節目。大場面的節目是只有一個觀眾的時裝秀。

阿華通常選擇阿田不是正在從事報稅、理財、破解電腦運作障礙、寫稿等嚴肅工作的時候表演她的時裝秀。最佳時機是阿田靠床頭坐著看書或滑手機的時候。阿華會從壁櫥、衣櫃、櫥櫃抽屜和儲放衣物的大塑膠盒選出某些一件裝、長裙、短裙、上衣、襯衫、長褲、短褲、裙褲、裏層衣、外層衣、外套等，搭配成不同組合換穿，有時還搭配鞋、帽、手袋、項鏈、耳環、圍巾等。她自己在大鏡子面前謹慎端詳後會跑到阿田房間問他好不好看。阿田通常會毫不猶疑地、清脆地回答說，靚！等於按了讚。但偶爾也會說，不怎麼好！這類時裝秀通常進行一小時以上。幾天後，阿華就會穿上經她精選的阿田按了讚的某些時裝組合招搖過市。

如果阿華還在，就算兩人沒甚麼事做，也可懶洋洋地一

起躺在雙人床上享受閨房之樂。阿田和阿華兩人的閨房之樂，早已「與時俱進」，脫離了原始情色模式。

二十三年前，阿華患了子宮頸癌。其中的一個療程是接受一根粗大輻射棒塞進陰道五十二小時的電療。這期間，她必須單獨躺在一個小房間內的病床上。吃喝拉撒都在床上進行。阿田可以去看她，但只准一次，限逗留五分鐘，而且必需穿上防輻射裝備。十年後，她的癌症沒有復發。醫生告訴她說，你已是癌症生還者。

光陰似箭，日夜如梭，轉眼間兩人齊齊到了退休年齡。腦力活動逐漸壓倒體力活動，兩人的閨房之樂便以嶄新面目出現。其實，所謂新面目，說穿了不過是「新瓶裝舊酒」。以前在餐廳和客廳內聊的東西改在床上聊。兩人聊着，聊久了，聲音愈來愈小，其中一人可能睡着了，便沒有下文了。這種床上聊天的新意是有催眠功效的。不知哪天開始，才有新的突破，「床上棟篤笑」，又稱「床上脫口秀」。這新玩意的形式跟一般的脫口秀沒甚麼兩樣，只是換在床上表演，而且聽眾只有一人。還有另外的新出爐節目，包括荒腔走板的藝術歌曲和催眠曲演唱、一千零一夜床上夜話、午夜燈謎競猜場、不雅

語句交流會等。阿田和阿華曾在餐廳或客廳進行這類活動，卻覺得提不起勁來。後來想通了，關鍵是雙人床。這類閨房之樂有時會令阿華因興奮過度而失眠，隨後幾天她便去睡兒子房間的單人床，不敢再睡雙人床了。

不過，阿華睡單人床有時也不得清靜。那房間內有一座床頭燈，阿田擠上單人床躺在阿華身邊的時候，他如果把一條腿搭在另一條腿的膝蓋上，離床邊一公尺的白色壁櫃門上便出現阿田一隻腳的投影。阿田把腳趾扭動，或把整隻腳晃動、舉高或亂舞，阿華會看得津津有味，心情爽快。這類午夜場「人肉皮影戲」有時也會令阿華失眠。

如果阿華還在，大寒天裡，兩人呆在家裡，有許多事情可做，也不會感到無聊。即使甚麼事都不做，也可找些話題來聊。談談某些往事，談談某些親友，甚至談談貓狗。阿田記得，有一次在閒聊時，阿華主動地談到她的便秘之患。她說，人類真會創造新事物，像 Fibre One 穀條和 All-Bran 穀片，都是偉大發明，造福人群，每天只需吃一到兩湯匙的份量，便可防止便秘。她說，她發現古今中外許多帝王有便秘之患，但也有從未感受便秘

之苦的。她說，就這話題，她想出了兩個燈謎。第一個是：嚴重便秘的結果。猜某大帝。第二個是：永不便秘的原因。猜某專制暴君。這兩個燈謎在阿田中學全球同學會多倫多聯歡餐會上雙雙登場，成為燈謎競猜遊戲的要角。這兩個燈謎當然難不到阿田。因為他懂得廣東話，很快就猜出兩個謎底：忽必烈和史大林。

現在阿華不在了，阿田仍有許多事情可做。然而有一個選項是他原來沒想到的，就是回憶往事，追思阿華，陶醉其中，樂在其中。

阿田覺得遺憾的是，阿華患病末期時，忙着安排阿華進出醫院接受檢查和治療，忙着聯絡親友向他們報告阿華的病情，忙着購買阿華的藥物和衛生用品，也忙着準備適合阿華飲食的食物，兩人竟然沒有撥點時間回味往事或聊聊後事或其他話題。她就出乎大家意料之外地突然走了！真是無可彌補的遺憾呀！

[14] 　阿華初識阿田的時候，便知他不是天主教徒，也不是基督教徒。在兩人情誼發展成愛情的道路上，她並不介意阿田不是天主教徒，更不介意阿田不是基督徒。阿田曾開玩笑地問阿華，她是不是認為非基督徒反而比基督徒更容易成為天主教徒。她先是笑而不答，過了一會才說，天主教徒可能比較喜歡跟非基督徒在一起，兩人至少不必為了上甚麼教堂而爭吵。兩人如果各上各的教堂，豈不是貌合神離。後來，阿田曾告訴阿華，他讀臺大時曾經想進去學生宿舍附近的一間教堂看看，在教堂門口徘徊了一陣，最後決定遲些再說，只寫了一篇《散步在神殿之前》的文章投去大學學生報刊登。但他從未把那篇文章拿給阿華看，自己也忘了寫甚麼。

今天，阿田循例花一點時間整理自己的東西。他把今天的焦點聚在文件上，無意中發現一篇在報紙上刊載過的文章，猛然閃過一個念頭，乾脆把那篇《散步在神殿之前》順便找出來。

他大學畢業前已經跟美翠結婚，美翠喜歡他寫的稿見報，還將那些登報的稿剪下，貼在一本簿子裡。剪貼的

221

登稿不多，他翻幾翻就翻完，不見《神殿》那篇登稿，再翻一遍，仍然不見。在哪裡呢？左想右想才想起他還有一包未完成和未登上報刊的文稿。是不是他那時候寫稿時拿了《神殿》登稿作為參考，因此可能雜在這包草稿中，連忙翻箱倒櫃，終於幸而找到了那個草包（草稿和未完稿的簡稱）。他馬上開始發掘，出乎意料地挖出一篇講稿，是用傳統格子稿紙寫的，開頭第一句是：「很感激各位親友今天來看美翠。」是他的筆跡，然而他卻完全沒印象自己寫過或用過這篇講稿。

他仔細地讀那講稿，忍着淚，情緒波動。其中有一段這樣寫：

昨天晚上，我帶永訢來殯儀館看她。永訢很傷心，很激動，認為上帝不公平，為甚麼有人活到一百歲，他媽咪只活了三十七歲？

永訢當時的憤慨有先知之見。阿華是他的繼母，雖然活了七十四歲，但他的祖母今年再添一歲，成為一百零一歲的人瑞。

阿田感到很無奈，自己竟然一前一後「剋死」了永訢的兩個母親！

阿田讀完那篇講稿後，便不想繼續尋找那篇《神殿》了。他想，與其急着透露《神殿》的內容，不如借機完整地發表那篇講稿，既可像「爆內幕」那樣滿足讀者的好奇心，也可更實際地交代自己在阿華去世後的心路歷程。

講稿：

很感激各位親友今來看美翠。

你們看到她安息了。

十八日下午七點二十五，我和媽媽在港安醫院看着她停止呼吸。前後十分鐘，她安祥地睡了，我知道她不再醒來。

她跟疾病博鬥了六個月。一開始就知道甚麼病，前後進醫院九次，接受各種各樣的檢查和治療，包括切片手

術，電療、化療。抽過五次肺積水，吊過十幾包鹽水，輸過兩次血，吞了將近三千粒藥丸，喝了幾十瓶咳嗽藥水。到最後，呼吸急促，連咳嗽都沒氣力了，一隻眼睛看不見了，另外一隻看得見，可是眼皮一直往下垂。這一切一切，很痛苦，很累。美翠勇敢地捱下去，到十一月九日永訢九歲生日那天，她已經不能吃蛋糕了。現在，她用不着因為咳嗽而醒來了。昨天晚上，我帶永訢來殯儀館看她。永訢很傷心，很激動，認為上帝不公平，為甚麼有人活到一百歲，他媽咪只活了三十七歲。

我們離開之前，又隔着玻璃門看美翠一次。永訢問我，能不能不要火葬。我說火葬是媽咪的心願。後來他想通了。火燒不掉他心裡面的媽咪。從此以後，媽咪永遠活在他心中，就像在我和許多認識美翠的人心裡面一樣。

離開殯儀館，我們倆很愉快，吃了邦尼炸雞，跟着又吃韓國烤肉。美翠最後兩個月已經不能走遠路，永訢除了上課也從來不外出。我問他要甚麼生日禮物，是媽咪託我買的。他說他甚麼都不要了，因為他有了。媽咪為他多活的日子，就是給她的禮物了。

我感謝美翠陪伴我十七年，把永訢教養到九歲。美翠跟我住過臺灣、香港、美國、菲律賓、澳門。一切好像是短暫的。可是我想，她擁有的有些可能比其他的人還豐富。美翠性急、熱情、隨時關心別人。我的親友同事，她見過的，馬上一見如故。她到過的地方，都有朋友，不分人種膚色。我想太多，而她給太多。她雖是家庭主婦，朋友卻比我多。

我常想，她愛永訢多過愛我。我心裡也明白，我愛美翠多過愛我媽媽。美翠跟我講過，爸爸知她病了，曾經告訴她，他疼她多過疼他的兩個兒子。我想，媽媽也有同感。

這好像是不公平的，可是我喜歡這種不公平。愛本身就是不問公平不公平。

後記：阿田仔細回憶當天喪禮的情境，確定自己雖然寫了那篇講稿，卻沒有發表。

[15] 阿田悼念前妻美翠的講稿像幽靈一般纏了阿田好幾天。不管是躺在床上入眠前還是半夜上廁所，不管是在廚房內煮食還是用餐，不管是在人行道上步行還是在巴士上或坐或站，不管在超市選購食物雜貨，還是在外賣店等候打了包的便餐，他的思念和情緒都在美翠和阿華之間來回穿梭。

美翠逝世後，她認識的朋友都紛紛協助阿田節哀順變，其中最賣力的是阿田最要好的中學兼大學同學和他們的妻子。大家都是壯年人，平時真誠相待，親切交誼，在那段非常時期更是熱心地給他溫暖和安慰。有幾個同學甚至曾在星期天到阿田家，陪永訢玩稱為 Risk 的棋盤遊戲。有太太的，太太也跟來。平時只有阿田跟永訢對壘，現在大夥兒齊齊分成幾個勢力集團，相互勾心鬥角，在棋盤上爭奪地盤，場面熱烈沸騰，永訢玩得很開心。此後每跟父親憶談某些局勢和謀略，興奮之情仍然洋溢，彷彿回到了現場。

永訢稱呼到訪的父親同學夫婦為 Uncle 和 Auntie，長大後一直記得他們。他們給了他難忘的歡樂時光。

其實阿田也玩得很起勁，全身熱烘烘的像在焗 Sauna。阿田在那兩個遊戲日裡沒喝啤酒。

這是少有的現象。美翠去世以後，他開始借酒療傷，讓酒精沖淡他的悲傷。為了療傷，他放縱自己，一下班就去便利店買兩、三罐啤酒，一出店門，馬上拉開其中一罐的封口咕嚕咕嚕地在兩、三分鐘內把整罐酒幹掉，空肚子灌下整罐啤酒，符合精打細算之道。他需要酒精給他那種輕微飄飄然的感覺，彷彿悲傷也飄來飄去，難以捉摸。猴急般快速幹掉一罐，他想要的感覺會更早來到。他認為這是以少搏多、以較少酒錢買到更多的喝酒效果。他替自己找到喝啤酒的節奏和數量的理由，便日喝夜喝，但也不算是酗酒。他要保持足夠的清醒才能上班。

阿田雖然任性，卻不敢在兒子面前露出他任性的面目。永訢在他母親去世後由阿田的父母照顧，住在他祖父母家，周末才去他父親家與父親相聚兩天。這兩天必需減少喝啤酒的分量。美翠在世的時侯，允許阿田偶而喝喝啤酒，但規定每次不超過兩罐。阿田在永訢面前，自動自發地遵守這項規定。兒子最初發現他喝啤酒時，臉上

顯示不高興的神色。他對兒子說，偶而喝一兩罐不但無害，反而有益，可以使人覺得輕鬆愉快，所以大人聚會經常有啤酒助興。你回家，我高興，便想喝啤酒。你長大後也可喝些啤酒，但要有節制。

永訢等他講完這番話，回答說，媽咪多次叫我不可喝酒，說喝了酒會亂講話，做出不好的行為，甚至亂打人。阿田馬上附和，說媽咪說得對，你要牢牢記住呀！

這類跟美翠有關的往事，阿華聽過不少。阿田每次講完，都會對阿華說，不好意思，又想起她了。阿華會說，你想起她，表示你仍愛她，她仍活在你心中。謝謝你讓我感受你對她的思念。

阿華見阿田開始擺餐具和飯菜時，便會扭開多倫多古典音樂電台 FM96.3。兩人進餐時，該台播放的音樂，經常便成為當下的話題。有些樂曲久不久會再重播。其中一首是上世紀 50 年代電影《學生王子》（Student Prince）裡面的小夜曲。阿田每次聽到這首歌曲便會拿紙巾擦眼淚。他會對阿華說，對不起，這首歌令他想起了美翠。當時他們在拍拖，他曾溜課跟美翠去一家以「一票兩

片」招徠顧客的電影院消磨一個下午。其中播映的一部
電影便是《學生王子》，一部音樂片。影片的情節阿田
幾乎完全忘了，只記得其中兩首歌曲，一首是《飲酒
歌》，另一首就是那首小夜曲。

影片裡唱《飲酒歌》的人群是一邊高歌一邊樂融融地暢
飲啤酒的。阿田在美翠去世後卻借酒療傷。同樣是啤
酒，喝起來最少有兩樣情之別！

現在永訢已過四十歲，阿田曾多次問他，有沒有喝過
酒，任何酒。他總是搖頭。阿田說，在某些場合不妨喝
一點酒，輕微的酒意可拉近人與人之間的距離，你已經
成年，喝點酒無妨。永訢有點遲疑地說，他不喜歡也不
想喝。阿田問他，是不是因為媽咪叫你不要喝。他點點
頭說，可能是吧！

阿華也允許阿田喝適量的啤酒或紅白餐酒。她自己有時
也會陪阿田喝一些。旅臺期間，她很享受她和阿田跟阿
田南加州同學老胡或老胡夫婦上居酒屋喝啤酒、進小吃
的歡樂時光。這些時光將成為阿田永不磨滅的美好回
憶！

阿田在阿華去世後，沒有像美翠去世後喝那麼多啤酒。他意識到有很多阿華的身後事要處理，必須保持頭腦清醒。但在晚上就寢前，他會喝半罐啤酒。這份量正好可以令他比較容易入眠，讓他第二天可以早起，辦要辦的事。

[16] 阿田比較孤僻，不喜歡主動跟親友打交道。家裡電話鈴聲響起，也多數由阿華先接聽。電話要找的人是阿田，阿華才叫阿田聽。

這是兩人分工所建立起來的模式之一。涉及電腦操作的各種問題，則由阿田出馬解決。此外，每月各種雜費的支付，都由阿華透過電話轉賬、信用卡、開支票等一手包辦。阿田則負責每年報稅、每月審核兩人聯名銀行支票戶口結餘和進出款項、每年更新電腦防病毒軟件等工作。

阿華在香港從小就讀天主教英語學校，講得一口純正、清晰、流暢的英語和道地的廣東話，即使講普通話或國語帶着廣東話腔調，也大方地照講不誤，和各族裔人士和來自各地的華裔人交際互動，都能得心應手、親切而率真地進行。阿田的漢語能力在香港讀中學時代已經打下基礎，英語能力則是在認識阿華後，特別在跟阿華共同從事廣播及文字漢譯英工作之後才明顯地突飛猛晉。雖然沒有阿華那麼流暢、純正和清晰，仍能達到溝通效果。至少不會講出帶捲舌音的英語。阿華擅長生動地敘述事物，阿田則善於表達對事物的看法和想法。在兩人

一起出現的場合，交際互動總是活潑、熱烈和悅人的。

兩人共同使用一個顯示阿華身份的電郵地址。任何一人發出或收到的電郵，另一人都可以閱讀。阿田發出用英語寫的電郵之前，會先讓阿華過目，讓她改錯和修飾。兩人聯名發出的漢語電文，通常由阿田完稿，發出英語電文，則由阿華完稿。兩人都會在適當時候真誠地恭維對方的文筆和文采。兩人透過這樣的分工、協調和合作，二十多年來不變，建立了對外文字溝通日愈完美而堅固的戰略夥伴關係。

阿田在阿華去逝後整理阿華的遺物時發現許多大小、厚薄不一的筆記本，有的在書架上，有的在床頭几上，有的在電腦桌上，有些在抽屜裡。打開這些筆記本，最搶眼的是她那行氣十足的漂亮筆跡，一絲不苟地寫下她沒用過或不熟悉的英語字詞和它們的用法。

阿華是一個永遠在學習、永遠在進修的退休英語教師。這種活到老、學到老的精神和毅力，令阿田對她無限佩服！

在瘟疫流行期間，呆在家裡的時間多了，阿華便透過教學網站自學法語。阿田則透過課本和網站自學日語。各有所學，仍是分工的做法。

[17] 阿田辦完阿華的追思會後，，某晚深夜因嚴重胃出血由救護車送進了急診室。經急救後在醫院內住了四天。出院後，經過一個星期才逐漸恢復緩慢穩步行走的能力，有信心不需靠助行器或拐杖去附近超市購買食物和雜貨。他想到芸妮對他的關懷和給他的溫暖和安慰，覺得必須讓她知道自己進急診室和住院的經歷，於是發了一篇長文訊給芸妮。

阿田的文訊：

去年十一月十七日凌晨，我由救護車送進 RVC 醫院急診室。這事依莉可能已經向你或艾岱透露了。整件事顯示我當時的脆弱和無助，也顯示我在極大的精神和心理壓力下捱了一個多月，終於捱不住了！

十六日晚餐時，我照例喝了一些啤酒，大概等於半罐可樂的份量。很奇怪，竟然覺得頭暈暈的，那種感覺也不像酒喝多那了種昏昏的、飄飄然的感覺。我覺得不對勁，便不再繼續喝。胃口沒了，也不敢喝茶。我拿了一杯溫水，靠在床頭一邊喝一邊緩緩地深呼吸。感覺狀況有些改善後，便坐到電腦前面，準備看些節目。卻依然

感到渾身不太對，於是躺上床休息。不久，感到想拉肚子，便上廁所，發現大便又黑又稀爛，像給人搗碎的黑巧克力布丁。肛門辣辣的，同時覺得想吐。結果真的吐了，吐了鮮血，而且接二連三地吐。肚子也拉了再拉。我開始緊張，就撥了電話給一個朋友，她說最好叫救護車。我馬上打電話給依莉和中學同學駿傑，兩人不久後都先後趕來，叫了救護車。救護車很快就到了，火急把我送去急診室。

到急診室後，我很快便被送進其中一個單人病房，馬上有護士或個人護理員替我吊鹽水、抽血、驗血壓心跳血氧、做心電圖等項目。依莉和駿傑在急診室逗留了一段時間後在我催促下各自回家了。不知是當天晚上還是第二天凌晨，一位印度裔女醫生替我照了胃鏡，整個程序好像進行了蠻長的時間。而且某個手指頭好像多次有針刺進去，感到痛完又痛。第二天早上，這位醫生來看我，對我說，她是露伊娜醫生。她說，她透過照胃鏡的程序用夾子補了小腸上兩個指甲般大小的破洞。這兩個洞就是胃吐鮮血的源頭。

第二天（十八日）午餐後不久，我從急診觀察床位給轉

送進九樓一間個人病房。在那病房內住了四天，到十一月二十一日才出院。

我入院接受急診治療，彷彿是步 Miss Wah 的後塵。入急診室要講命好不好。命好遇到一支又能幹又有愛心的團隊，命不好的，可能有一番折騰和折磨。我命好，可能因為有 Miss Wah 在保祐我。第二天一大早，又有一位姓李的年輕土生華裔女醫生來看我，用廣東話跟我和駿傑交談，非常親切。我覺得她的出現也很奧妙。我很少碰到那麼親切的醫生！令我再度感到 Miss Wah 的保祐。

妳可能以為我談的是天方夜譚呢！我當時想，如果活下來，Miss Wah 會一直活在我心中！我會更珍惜我的生命。

二十一日那天，醫生本來想要我多住一晚，說要照骨頭。我對他說，昨晚睡得不好，太多干擾，這樣下去會崩潰。他就說今晚可以回家！果然，當天晚餐後，一個叫 Ross 的菲律賓裔男護士帶了主治醫生的出院文件給我。我馬上打電話給駿傑，請他來接我出院。當然，我

已經事先請他做好接我出院的準備了。

我這次胃出血住院可以說是「死裡逃生」,「執返條命」。雖說是 Miss Wah 去世後積累一個多月的精神和心理壓力的所導致的總崩潰,可能喝太多啤酒和吃太多辣食也是出事的導因。我現在已戒了酒,也不敢再吃辣食。至少要戒一個時期。我前面說過,我如果活下來,Miss Wah 會一直活在我心中!我會更珍惜我的生命。這是我對阿華你的 Miss Wah 的承諾,也是對關心我的契女芸妮的承諾。我會萬事小心,好好保重的。請你放心!

芸妮的覆訊:

真的是人生如戲,戲如人生。上天的安排往往就是這麼奇妙。失去至親至愛的人,又怎可能會無事。你講都無人信。所以大家一直都很擔心你,但又不敢打擾你。在這件事上,經歷過 Miss Wah 所經歷的,又能執返條命,遇到好的醫療團隊,我也相信是 Miss Wah 冥冥中引導你走出谷底的。你的想法不是天方夜譚,活着的人就要珍惜生命,已離開的人永遠會活在我們心中。能聽到契

爺你可以慢慢走出來，我也放心一點。不過我是不會不
掛心你的，你準備我會時常問候你。

[18] 阿華和阿田的遺囑都指定對方為自己遺囑的
執行人。阿華走後，阿田立即執行她的遺囑
所指明的各項遺願。然而阿田要處理的阿華身後事，絕
大部分並沒在她的遺囑中明確指示。阿華留下大量的衣
物、收藏品、證件、文件、銀行單據、報稅單據、看過
或用過的書，看過的影碟和影帶、聽過的唱片、用過和
未用的文具、未吃完的食物、未服完或用完的藥物、用
過和沒用過的化妝品、個人衛生用品、半完成的各類手
工和加工製品、相片簿、記事簿、信件、電郵、行動電
話上的圖片和文訊、各類密碼備忘冊、需要用碎紙機碎
掉的過期文件等。還有一架輕便的縫紉機和許多縫紉用
器材、一組編織毛衣的鉤針和編織書，許多盒珍藏的明
信片等。這些遺物都需要花很多時間來處理和物色適合
的繼承人。

如何揣摸阿華的意願，將她的遺物找親友接收使用或留
作紀念，是阿田堅持要好好完成的工作。有些阿華用過
的衣物可以投入舊衣物收集箱，剩下可當二手貨出售的
才按照阿華的意願捐給救世軍（註1）。這類清理和分配
的工作可能要花上一年甚至更長的時間才能完成。

【註1】救世軍：Salvation Army，基督教機構，接受各種衣物捐贈，適合轉售者則
分門別類陳列以極廉的二手貨價出售。

而阿華留下的跟阿田聯名擁有物業和銀行存款，更需要阿田找律師行重新立遺囑。阿田原遺囑的執行人是阿華，如今阿華已經不在，必須另指定執行人。因此，阿華的後事，也是阿田必須預先部署的後事。

本來指定某個親人執行遺囑是當然的事，阿田當然會指定親兒子永訢為遺囑執行人，同時指定繼子頌仁為後備執行人。阿田不考慮讓另一繼子頌義當後備執行人。可是永訢和頌仁都在臺灣，萬一阿田去世了，都不能馬上飛抵多倫多，因此必須安排在地的朋友在指定執行人不在多倫多時先當遺囑執行人。

在律師行律師秘書的協助下，阿田花了許多精神和時間才終於訂定遺囑內容。還要物色可靠而願意充當遺囑執行人和願意接受醫療事務授權的在地朋友。這些事項完成後，阿田暫時鬆了一口氣。跟着是等看遺囑的稿本，然後在律師面前正式簽定遺囑。

律師的秘書對阿田說，如果阿田將來因持有的物業出售了，或想變更遺留物業和現金分給受益人的比例，要更新遺囑，必須趁頭腦還清醒時辦理。律師不會替頭腦不

清醒的人立遺囑的。那時候，已簽定的遺囑就是永遠有效的遺囑了。

律師的秘書又對阿田說，即使子女都在身邊，即使所有子女都是親生子女，也不排除他們相互之間會有爭遺產的情況出現。

阿田想，每個人都要走過生老病死的人生過程，有的人的人生過程較短，有的人的人生過程較長。然而死亡並非只是他個人生命的終結。死者雖然安息了，替死者辦後事的人卻不得安寧。甚至接收死者遺產的人也都未必安寧。

阿田的結論是：上帝所創造的人類是不完美的。是祂的能力有限？還是祂故意這麼做？沒人知道。生、老、病、死、死後，每一段過程都有苦難，或給他人帶來苦難。當然也有歡樂。這無可否認。然而，到底苦難是歡樂的代價呢？還是歡樂是苦難的報酬呢？

阿田想，這些感想是阿華走後才湧現的。阿華走之前他是不會有這些感想的。那麼在他心中安息的阿華，也會

有這些感想嗎？

會有的！阿田很肯定，因為他會告訴她。

[19] 幾年前，阿華曾經對阿田說，家庭醫生曾經問她，子女是否也在多倫多？阿華說，一個兒子在香港、另兩個在臺灣。醫生對她說，年紀大了，有子女在身邊比較好。阿華和阿田便曾認真討論是否移居臺灣。兩人沒把香港列為移居地。因為在香港工作的永訴在聘約期滿後並不準備在當地找另一份工作。

中共政權破壞了《中英聯合聲明》「一國兩制、港人治港」的承諾後，越來越多香港居民對香港的未來失去信心。佔中運動和反送中運動帶來社會的動盪，受中共指使的暴力鎮壓使動盪加劇，演變成動亂。港人外流再現高峰。只有中共統治集團的高層人士才繼續踴躍進軍香港，趁動盪局勢再多撈幾把。

阿田和阿華兩人都極度憎惡中共。說他們仇共和反共也不為過。否則他們也不會趕在香港「回歸祖國」之前移民加拿大。兩人不願做中共統治下的香港居民，一日也不願意。兩人離港後沒有回去換領新的香港身份證。香港政府多次派錢給香港市民，兩人也從未領取。

兩人移居多倫多後，雖不能繼續謀得本行的工作，卻能

243

透過兼職和轉行而立足。阿華受美國在沖繩島的廣播機構聘為漢英翻譯員之後，收入逐漸增加，開始有多餘的錢可以每年去臺灣旅遊探訪兒子。阿田不是該美國機構的僱員，而是幕後的「影武者」。阿華的工作包括把中共的軍事文稿譯成英文，阿田漢語聽寫能力較強，負責將中共中央電視台的軍事報導廣播內容節譯成英語，也負責上網搜索出原中文沒有註明的外語人名、職稱、地名、機構名稱。兩人合作愉快，阿田的英語能力加強了，阿華則漢語能力進步了，雖然自己講國語有廣東話的腔調，聽國語則毫無問題了。在替該機構工作的十二年期間，兩人好像渡過了一個漫長的蜜月。那時候，阿田的親兒子永訴已在美國修讀博士學位，除了偶爾回家短住幾天之外，家裡只有阿田和阿華兩人。

這就是沒有子女在身邊所能享有的自由自在和快樂。阿華有時候會對阿田說，我跟你結婚是不是做錯了，好像拋棄了兩個兒子？阿田就會回答說，你不要這樣想。我們移民，實際上也在替兒子開闢一條出路。萬一香港或臺灣都不宜居住，或者他們有強烈的移民意願，我們的公民身份對他們的申請是有幫助的。

後來三個兒子都先後成家了。大兒子頌仁跟未來岳父提親時，岳父開出的其中一個條件是，不許帶他的女兒移居外國。次子頌義的未來妻子在臺灣有自己建立起來的事業，也要求頌義必須留在臺灣才願意嫁給他。永訢的未婚妻是上海人，未結婚前，已在香港工作，永訢了做一年多的博士後工作後，申請大學教職時，請阿華替他修改應徵信，其中一封是給香港某大學的。阿華就問他，你跑回香港工作，是打算不理你父親了嗎？

當阿田再次聽阿華表示後悔移民時，就會對阿華說，事實上是他們拋棄了我們，而不是我們拋棄了他們啊！

在過去幾年內，頌仁和頌義先後做了通心臟冠狀動脈的手術，頌仁病情嚴重，送急診室後還要住加護病房，接受葉克膜治療。這兩件事令阿華深感懊惱，怪責自己未能趕去臺灣照顧兒子。她強烈地希望自己能獲得臺灣的長期居留證。

阿田知道她的心意，在 2016 年兩人到香港照顧永訢新出世的嬰兒期間，到臺灣駐香港的經文處辦理申請阿華在臺倚親（丈夫）長期居留所需要的文件驗證。阿田曾在

臺灣讀大學，有戶籍記錄，幾年前申領了中華民國護照。阿華取得倚親長期居留證是不必放棄加拿大國籍的，換句話說，不必放棄加拿大的退休福利和安省的醫療保險。如果她倚的親是頌仁或頌義，就得放棄加拿大國籍。阿田不明白為甚麼倚不同的親會有這樣的分別。他照着臺灣官方的規定做就是。阿華隔年就取到一年期的長期居留證。第二年辦延期時，官方自動給她延期三年。阿華當時的興奮是非語言所能形容的。因瘟疫流行，阿華並沒用到這三年期的長期居留證。轉眼又到了延期限期。阿田由臺灣駐多倫多的僑務委員得知，因疫情關係，阿華可不必親自赴臺辦居留證延期，可由她兒子代辦延期半年。果然，很快就辦好了。可惜她已經確診為晚期癌症，在醫院接受各種檢驗和治療。她沒有用到那張半年期的居留證。多麼遺憾啊！

阿田曾多次假想，假如阿華有機會在臺灣長住，多點時間跟兒孫相處，會是甚麼情境。

阿華的次子頌義的兒子明輝跟頌義前妻佩佩住在臺中，讀中學，放假時才上臺北度假，跟父親短聚兩、三個星期。阿華去臺灣長居，多數時間會跟大兒子頌仁一家人

相聚。頌仁多數會請阿華教宇文和宇芳英語。瘟疫期間，頌仁就曾安排阿華透過視訊平台遠距離教宇文和宇芳英語。只教了幾堂課，這安排便中斷了。原因是兩個小孩並不專心學習。阿華甚至懷疑宇文一邊學一邊玩手機或看手機，因為他的眼睛經常斜看另一方向。如果阿華人在臺北，便能發揮有效的教師功能。此外，頌仁也會希望阿華能跟她的孫兒和孫女多些互動，跟她兒子全家人多享天倫之樂。當然，阿田也會陪着阿華經常出現這類相聚場合。頌仁夫妻出國，可能也希望阿華能當兩個孩子的保姆。此外，可能還希望阿華或阿田偶而客串一下廚師。這都是一般不同世代的親人正常的活動。

然而阿田和阿華的「兩人世界」便多了許多干擾，不再像兩人在加拿大時那麼純淨了。

阿田想，人好不容易把兒女養育成人，等兒女有了他們的孩子後，又要幫兒女照顧他們的子女。一般都認為，活得愈長命同時身心仍然健康的人是最有福氣的。可是長命人除了照顧新生代之外，就沒其他事可做了嗎？

阿華曾經講她以前一個女同事的故事給阿田聽。這女同

事因家暴跟丈夫離了婚。她獨力把兩個兒子養育成人。次子成婚後跟老婆搬回她家住。婆媳間有些摩擦。她不久就有孫子可抱了。從此成為孫子的全職保姆。可是兒子和媳婦並不把她當長輩看待，好像是他們的下女，吃的住的都靠他們。他們霸佔了她的家，卻使她覺得她是寄人籬下，覺得人生到頭來是淒涼的。所以她有時會透過社交平台向阿華訴苦。

這故事令阿田再想起家庭醫生對阿華說過的話，年紀大了，有子女在身邊比較好。

那要看是怎樣的子女了！好的子女是上天賜做父母者的大福。是聽天由命、可遇而不可求的。阿田弟弟的妻子，整天提醒女兒長大要孝順父母，這種「洗腦」工夫有沒有效果不得而知，然而他弟弟已經去世，無法驗證女兒是否孝順他。有些人與生俱來低 EQ，碰到不如意事或在承受極大精神和心理壓力下會脾氣暴躁，長大後則 EQ 升高，脾氣日趨溫和。有些人卻相反，脾氣越來越壞。沒有人知道他老了後他身邊子女的 EQ 是高是低，會不會動不動就對他亂發脾氣。

阿田只肯定一件事，就算老人身邊有子女，那子女對他的照顧也是有限度的。第一，他們有自己的事情要做，不會每天二十四小時在老人身邊照顧他。第二，他們多數不會親手協助老人排大小便和抹洗大小便留下的污跡。

安大略省的醫療保健系統對行動不便的老人或出院的病人，都有提供健康護理員鐘點服務的安排。除了替老人或病人洗澡、幫他們大小便、更衣之外，也做清潔和簡單烹飪等工作，並陪老人或病人聊天。這類安排。使老人或病人的親人可以更專心地從事他們的工作，甚至放心去享受旅遊的樂趣。提供這類服務的宗旨是，人的正常活動不該因親人老了行動不便，或有親人病了而受到太多的影響。就算在臺灣，一般人照顧行動不便的老親人或剛出院的親人，通常也要請外籍護理員。

阿田想，要是遇到服務不周、態度不好的健康護理員，大可開除她，換上一個滿意的。而身邊的子女是不能開除的。

阿田想到這點，便不再擔心三個兒子不在身邊的實況。在多倫多，家裡雖然只剩下他一個人，可是還有幾個阿

華的好友，以及他和阿華的共同好友。這些好友對阿華病情一直關注，也協助阿田處理阿華的身後事，使阿田跟他們的聯繫頻密了、加強了。阿田雖然每天都有孤單而心情低沉的時刻，卻也經常有這些好友透過不同渠道傳給他的親切關懷，給他溫暖和安慰，讓他能加把勁，健康快樂地過日子。

阿田和阿華的好友之中，有四對夫妻，丈夫是阿田中學和大學的同學，相識超過六十年。兩人到多倫多定居後，差不多每兩個月就有一次家庭式餐聚，輪流在各家舉行。當時大家都還年輕力壯，小孩還在讀中學或大學。那是阿田和阿華人生中最快樂的日子。轉眼間，這班人都老了。

阿華的去世有如一響警鐘，敲醒了這班人：大家都老了！要懂得保重身體，珍惜活着的日子！想做甚麼，就做甚麼！

問題是：要做甚麼？能做甚麼？人的大限可能突然而降，讓人來不及思考這類問題便走了！

[20] 阿田和阿華各自告別了鰥夫和寡婦的生涯後結成夫妻，一起踏上他們人生旅途的後半段。這旅程是兩人的選擇，也是上天的安排。如果阿田跟他的前妻白頭偕老，阿華也跟她的前夫結為白髮夫妻，世上便不會有阿田和阿華的故事了。上天先安排兩人分別成為鰥夫和寡婦，然後讓他們因緣巧遇，才有機會選擇對方為可以相依的伴侶。

一對男女在證人見證下成婚時，一般都會互相下跟對方「廝守一輩子」的承諾。

阿田曾偶然發現一個在香港稱為「華人單身成長協會」（CCLUC；Chinese Christian Love and Unity Club）的網站。該網站向準備結婚的男女指示，男女結婚的承諾包括六個方面的內容：1. 愛你的配偶，直到一方離世。2. 尊重你的配偶，直到一方離世。3. 珍惜你的配偶，直到一方離世。4. 不在婚姻上出軌。5. 盡配偶該盡的義務，直到一方離世。6. 無論遭遇什麼景況，都要一生愛對方，向對方忠誠。

阿田沒有查看其他有關機構如何界定結婚承諾，但他相

信，即使各有各的界定，總會是大同小異。

他很開心地發覺，原來他和阿華兩人都確確實實地履行了他們的結婚承諾。兩人的結婚證書是香港婚姻註冊處於 1993 年簽發的，是一份歷史文件，但現在仍然有效。他在辦理阿華後事時，殯儀館、有關政府機關、銀行等都要索取經過驗證的結婚證書複本。中共單方面宣稱《中英聯合聲明》是歷史文件，沒有效了。阿田和阿華的結婚證書也是歷史文件，幸而沒人說它失效了，否則阿田不知如何才能辦理阿華的後事了。

阿田和阿華的因緣巧遇當然在取得結婚證書之前。正式踏上結伴旅途則在取得證書之後。其中包括散布香港、臺灣、加拿大、美國等地大大小小的旅程。

阿華去世後，阿田萬分悲痛，經常心情低沉，待在家裡，有些朋友怕他待出毛病，便屢屢勸他多出去走走、散散心。他確實出去走動了，為了讓自己有活動身體的機會，也讓自己可以去附近超市購物。無論是乘搭巴士，還是步行，他覺得每段路都滿是他的無奈和惆悵。表面上他是孤家寡人，實地裡他是帶着阿華同行。甚麼

地點是他和阿華的歇腳處，甚麼地方會有等待阿華餵食的松鼠和雀鳥。兩人如何手拉手小心翼翼地踏過雪堆、雪泥或雪水。兩人如何在超市內分頭去選取心想要購買的食物和雜貨，然後在某收銀機前面會合。一切都歷歷在目，宛如昨日情景。

臺灣和美國的好友紛紛邀阿田去跟他們相聚。他回他們說，等阿華後事處理告一段落就去，可能要幾個月或半年後才能成行。美國之旅通常比較簡單和單調。阿田的母親住在美國三藩市灣區一個老人公寓，在家接受臨終護理已經多年。阿田和阿華去探望她的時候，阿華大部份時間是幫助二十四小時的護工照顧她。阿田的妹妹和妹夫也住在灣區，經常探訪母親，並邀阿田夫妻到附近餐館進餐。阿田和阿華在灣區附近住的好友也會邀請他們到家或上餐館聚餐。兩人的加州之旅通常不超過兩星期。因為交通不便，加上治安不好的顧忌，兩人幾乎沒有其他無親友陪同的活動。因此，阿田單獨去美國旅遊的意願不高，即使孤家寡人去，惆悵感也不見得會比在多倫多的強烈。

臺灣之旅便不一樣了。以前阿田和阿華每趟去臺灣，都

會跟阿華兩個兒子或他們全家人相聚數次，或在家小聚或到餐館聚餐。也會跟阿田的兩個南加州大學校友老胡和老卓相聚數次，當然包括老胡夫人和老卓夫人。老胡提供他在北投的住宅給他們住，平時不去干擾他們。他們自由自在地安居下來，毫無牽掛，想去那裡就去那裡，整個旅程等如一場「實際上無險可驚」的探險，既逍遙，又快活。

其實阿田非常害怕重遊曾經跟阿華一起去過的地方，特別是臺北的許多地方。他會覺得每個路段、每個地點都滿是他的無奈和惆悵。表面上他是孤家寡人，實地裡他是帶着阿華同行。他相信，這感覺跟阿華去世後他單獨上多倫多超市的感覺是一樣的。

他會記得兩人經常光顧的水果店、潤餅店、抓餅店、飯糰店、麵包店、新光三越百貨公司的幾家臺式小吃攤、跟老胡暢飲啤酒的居酒屋等地點。也記得阿華經常買花生和芝麻麻糬的地方。他也記得甚麼地方可以買到阿華喜歡吃的全麥麵包，甚麼地方可以買到蘿蔔絲餅，甚麼地方可以買到精緻的各種文具和日本品牌的日常用具。在中山堂附近，甚麼地方有公共廁所、甚麼地方有凳子

或石墩可以坐坐，歇歇走累了的雙腳。凡是他和阿華以前去過的，他都還記得。阿華光顧城中區那幾家專賣斷碼和倉底服裝的店舖時，阿田便去逛書店。兩人約定時間在一家麵包店面前會合。

阿田更忘不了兩人最喜歡去的每周六和周日在前花博所在地啟市的農夫市場。除了新鮮農產品外，還有各種熟食攤、用品攤和各類圈地演出的特技表演。兩人每次去逛都逗留大半天。他也記得兩人有時並排坐在北投復興公園內長凳上，看來自四面八方的狗主遛狗的熱鬧場面。

阿田記得的這一切都歷歷在目，彷彿昨日情景。他恨不得阿華仍在身邊，一起重溫遊舊地，重溫昔日風情。他感到安慰是，阿華雖然不在身邊，卻依然在他心中。他替自己加多一項婚姻的承諾：好好保重、讓自己活多一些日子，阿華在他心中便可活得更久！

阿田害怕重遊曾經跟阿華一起去過的地方，怕的是那份排不掉的無奈和惆悵，可是他也隱隱約約地有一個預感，那份無奈和惆悵，也可能讓他獲得意外的紅利：無數片片段段的甜蜜回憶！

[21]　　　阿華病逝後，阿田一直思索一個問題。

阿華死於癌症。阿華是虔誠的天主教徒。道教和佛教信徒也有患癌症而死的。可見各種宗教的信徒都可能患癌症而死。

這樣的結論說了等於沒說。

阿田從另一個角度思索。阿華的弟弟、姪女和她自己，都患了癌症。可是阿田他的祖父母、父親、兩個叔叔以及二十一個堂兄弟姐妹，到目前有死於其他病患的，卻沒有一個患上癌症。他的初步結論是：癌症主要來自遺傳。

這使阿田認真思索宗教教義上的原罪。

根據猶太教、基督教和伊斯蘭教的教義，人有生、老、病、死的歷程，是因為人類祖先亞當和夏娃吃了禁果的後果。違反上帝的禁令，或者說，不聽上帝的話，叫做原罪，可以一代傳一代一直傳下去。如果某人不聽上帝的話，表示他身上仍然帶着原罪。這宗教意義上的原罪

對信徒來說是具體的，可透過對上帝的信仰和懺悔來洗脫。宗教意義上的原罪對非教徒來說，卻是抽象的，是傳說中的人類祖先在伊甸園內所犯的罪，因此不會面對要不要洗脫的問題。

遺傳學上也有一代傳一代的因子，叫做基因。透過基因工程改造基因，人可以成長得更健康、減緩老化、避免病患、延長壽命。基因工程的成就達到巔峰的時候，人生的歷程會更加美滿，不再有那麼多的痛苦和折磨。

然而有些遺傳基因或變異的遺傳基因卻可讓人成長異常、老化加速、患上奇難雜症、突然夭折。遺傳基因可以說是生物學意義的原罪。跟個人的家族遺傳、配偶的家族遺傳具體地密切相關，而又受個人生活方式、居住環境、工作環境和醫療體系等因素的影響。自然、社會、文化、政治等環境因素錯綜複雜，都可能影響人的基因，再一代一代一直傳下去。因此，遺傳基因的生物性原罪對人生的影響是非常深遠的。

除非遺傳基因工程發達到可以及早改造不良基因或修補有缺陷的基因，否則人類始終脫離不了生、老、病、死

的苦難。到有一天，基因改造工程的技術達到爐火純青的地步，那時候，人類已經變成另一個物種，不是現在的人類了。

然而，在教徒心目中，生物性的原罪仍是宗教意義的原罪所涵蓋的。就是因為人類觸犯了上帝的禁令，所得到的懲罰就是生物性的原罪。

[22]

以下是阿田發給兒子永訴的文訊：

2022-10-02

Auntie 昨天傍晚出院。院方安排個人護理人員（PSW）每周兩次或三次到家替她放肺積水。也會有其他專業護理人員到訪。稍候，如果需要，也會安排 PSW 到家替 Auntie 抹澡等服務。都是免費的。我也已取得某伊斯蘭教團體提供免費借用的一具可摺疊助行器（walker）和一張可摺疊輪椅。

她十月十一日需回醫院接受幾項電腦斷層掃描（CTSCAN），並於十一月二日到醫院放射科門診部複診。她因壓力、失眠、便秘、焦慮、牙肉腫等引起口腔嚴重潰瘍，目前只能吃廣東式粥、西式濃湯、蒸水滑蛋、馬鈴薯泥等糊狀食物。每日也喝一瓶 Ensure 補充蛋白質、纖維素和各種養分。因口腔潰瘍，說話也變得口齒不清。如果你跟她通電話，她暫時可能不願多講，她講的話你也可能聽不清楚。經過好好地睡一晚後，精神較好，劇烈咳嗽也少了，但身體動作多了之後，仍容易氣促。她喜歡回家。我今天替她抹澡，她感覺良好。

頌義今午打電話給 Auntie，Auntie 叫他打給我。我就把她出院後的情況跟他說了。如果你跟頌仁有聯絡，請將她的近況告知他。恐怕頌義是不會跟他哥哥聯絡的。頌義曾提到要來多倫多看她和照顧她，她跟我說，目前她不希望他來，除了家裡空間不足之外（目前停泊了兩張輪椅和一具助行器），日常生活也會增加沒必要的忙亂。她有十多年或二十多年的好友會來看她。還有我的同學。所有到訪好友都不宜逗留太久。她必需節省精神和精力。暫此。再聯絡。保重！

以下是阿田同時分別發給頌仁、頌義和永訢的短訊：

2022-10-11

頌仁、頌義、永訢，你們的媽媽已於今日（多倫多 10 月 11 日）上午 10 時 4 分安詳離世。稍後給你們較詳細的敘述。目前有許多後事要處理。

[23]　承辦阿華喪儀、火化和追思會的殯儀館 B 在
追思會舉行後三個月，寄了一份服務品質滿
意度調查問卷給阿田。這項調查由該殯儀館（註 1）和
一家知名的研究諮詢公司合作進行。阿田對所有問題都
在「滿意」或「非常滿意」的空格上打勾，希望他的反
饋可以鼓舞該館的服務人員。

殯儀館 B 在安排各項儀式和活動的過程中並非沒有出現
小錯漏，但經阿田指出後立即糾正補缺，令阿田和陪他
辦阿華喪事的朋友都很滿意。辦完了追思會後，阿田問
殯儀師 N，館方是否可提供各項儀式和追思會配樂相片
播放的錄影，以便保存。館方很迅速地便將四個場合的
錄影載入一枚 USB 上備取。其他向安省政府和聯邦政府
有關部門通報阿華死訊的各項手續，殯儀師 N 也安排專
職同事指導進行。不論碰到甚麼疑問，阿田打電話找
N，她總是很快就回電解答。在阿田心目中，這樣的服
務和售後服務接近無懈可擊。

填完問卷後，有好幾天，阿田反覆想起那段時間他在大
川和桂芬陪同下找殯儀館辦阿華喪事的情景。

【註 1】多倫多的殯儀館全為私營，但詳簡不同的三種正式死亡證明則由官方機構安
大略省服務處（ServiceOntario）收費發出。

那時候，大川和桂芳剛好同時放兩星期假來銷掉累積過多的年假。阿田有他們兩人陪同，如有天助。阿田的理解是，這個「天」不是上帝，祂可沒那麼多時間和氣力幫助他。這個「天」顯然是阿華在天之靈。他總覺得阿華雖然不在他身邊，冥冥中卻一直在保祐他，也在保祐大川和桂芳。

大川和桂芳上網找到四家離阿田家最近的殯儀館。其中兩家都在經過華田住所園區出入口的大道上。他們把較近那家叫做殯儀館 A，較遠那家叫做殯儀館 B。他們聯絡了兩家人員，約好到訪參觀時間。先看 A，隔天看 B。

三人聽完兩家殯儀師說明喪禮形式、儀式場地、火化和土葬的選項、骨灰罐或骨灰盒的選項、靈柩的選項、喪禮場地大小的選項等安排和程序後，不約而同地決定選用 B，理由是它的殯儀師比較肯聽取他們提出的問題和回答疑問。A 館的殯儀師好像唱獨腳戲那樣滔滔不絕地說了一大堆話，不讓三人有問話的空間。其中有些細節根本可以省略，因為涉及的內容不在三人的選項內。考慮的範圍，更不是選項。

殯儀館 B 有多倫多公車經過。阿田即使不坐大川開的車，也可乘搭公車去，非常方便。在大川和桂芳仍然放假期間，三人去殯儀館見殯儀師 N 討論各項細節之前，會先在阿田家聚會商討有關事項。他們通常帶了午餐盒來，三人吃了午餐才去見 N。

大川頭腦敏捷，是一位電腦系統程式編寫師，不但是使用電腦的高手，也擅長利用簡圖顯示複雜的程序。有幾次跟殯儀師 N 討論工作程序時，他一亮出一個簡圖，大家馬上一目了然，獲得共識。桂芳是一家知識產權律師行的資深資訊師，擅長收集和整理資料、會議記錄和編寫備忘事項清單。阿田有兩人協助，順利推進阿華後事的處理。

阿田贊成由館方代請神職人員主持喪儀，定於某星期六，追思會則準備火化後兩個星期才舉行，也定於星期六。殯儀師 N 隨即帶三人參觀了幾個追思會場地的格局，並說明，館方會免費供應咖啡和茶，酒類則由顧客自備。館方也提供食物菜單讓他們選訂。

喪儀和火化儀式只有阿華最親近的幾個好友參加。館方

安排了全程現場直播，接到阿田通知的各地親友可上網即時或事後觀看。

阿田把喪事的重心放在追思會上。他叫繼子頌仁、頌義和兒子永訢挑選跟阿華合照的數碼相片傳給他，自己也從阿華的數碼相機儲存卡挑選相片。他花了許多時間精心挑選準備播放的相片和配合相片播放的音樂。播放的相片總共有五十多張，是館方限定的數量。阿田將選出的相片分為四組，第一組是阿華與動物或景物的合照，第二組是阿華的單獨照，第三組是阿華與阿田的合照，第四組是阿華、阿田與兒孫及阿華與阿田母親不同組合的合照。他早就把選好的相片和配樂交給館方相片播放製作員處理，卻在追思會前一天才有機會驗收製作員完成的作品。

追思會也展出阿華與朋友在香港、臺灣、加拿大、美國、英國的合照，以及阿華、阿田與朋友在港、臺、美、加的合照，貼在兩張 22 吋 ×28 吋的空白白色海報紙上，固定在兩個海報架上。另一個海報架則展出阿華的幾幅貓拼圖照片。所有照片都有阿田用電腦打印出來的標題。此外還有一幅鑲了框的用無數貓貼紙拼成的百

貓圖。那些貼紙是阿華的學生芸妮在她來多倫多後最初十幾年間陸續從香港寄給她的。

大川和桂芳的兩星期長假早就放完了。這些海報是他們利用周末時間到阿田家精心製作的，動用了鉛筆、捲尺、剪刀、透明膠紙、油灰黏膠、磁貼等工具和材料。

阿田購買了一盒黑色口罩，幾瓶手部消毒液，並用殯儀館提供的白色吉儀封包了六十封吉儀，準備放在館方提供的來賓簽到簿旁邊讓來賓取用。吉儀內有一粒果味軟糖和一枚一加元銅板。另外封了幾封準備給在會場上工作的館方人員，仍是一粒同樣的軟糖和一枚一加元銅板，但多了一張大面額加元紙幣。

阿田向館方訂了希臘式烤雞肉串、希臘式通心粉沙律和雜果沙律、西亞巴格拉瓦（baklava）酥皮甜點、雜色三文治，另外買了一些汽水、一打雜果乳酪、一打果凍。還買了不少阿華喜歡吃的各式糕、餅、酥、卷、糖等臺灣特產，用拉鏈塑膠袋裝成個別的什錦零食袋，放在一個館方提供的大食物盆中讓來賓取去帶回家享用。

追思會於下午二時開場，但阿田、大川和桂芳提前一小時到場佈置。依蓮原本負責佈置圍繞骨灰盒和阿華鑲框遺照的花卉和擺放兩個花藍，卻因病不能到場，殯儀師N自動地代她簽收了花店送來的花後，很快便把陳列的花組佈置好了。阿田事前正式發文給將出席的來賓，請他們不要送花和帛金。因此會場上沒有其他花藍或花牌。僅有的兩個花藍分別是阿華三個兒子和兩個契女兒送的，擺在骨灰盒花兩旁。兩花藍的左上方和右上方各有一個巨大的電視螢幕，不斷重複播放配樂的照片。

所有食物和餐具都擺放在會場門口對面遠方靠牆的長吧台上。門口對面左側擺放三張貼了照片的海報，固定在三個海報架上。百貓圖也在附近陳列。

從追思會入口望進去，左邊有三個 U 形區，右邊有一個較小 U 形區。四個 U 形區的座位逐漸有人坐下。阿田同學和他們的配偶總共有十多人。陣容最大、集中坐在左方最大的 U 區，除了志森夫婦、安達夫婦、駿傑夫婦、荀子夫婦之外，還有來自三藩市灣區的正亮夫婦，太太佳琳是阿華密切交往的好友之一。這班人自瘟疫爆發後從來沒有過這麼齊全地聚會，這場追思會等同於聯誼

會。其餘來賓有些是阿田和阿華的報社同事和他們的配偶，其中包括大衛夫婦、大川夫婦。有些是阿華和阿田比較熟悉的鄰居拉維夫婦和拉維的母親艾芭和公寓大樓保安組組長安德烈。另外還有阿田家附近藥房的配藥員怡媞、附近某銀行職員玟妮、阿華香港同事的姪女依莉和她的丈夫喬丹，阿田在香港的同事逤夫和他的太太莘媞。阿華的次子頌義和他的妻子美吉也特地從台北飛來參加。阿華上次在臺北見美吉的時候，美吉只是頌義的女友。阿華還有四個同事和朋友因事不能出席。

來賓簽到後，領了吉儀，多數馬上前往阿華遺照面前默哀或鞠躬，然後或找位子坐下，觀看配樂相片播放，或跟其他來賓打招呼交談，或前往海報區觀看展出的相片和物件。接着，來賓開始從容不迫、自由自在地來回於食物區和座位之間。阿田發現零食袋很搶手，早就給人拿光了，他後悔不裝多幾袋。其他食物的消耗速度嫌慢了些，阿田看追思會剩下的時間不多了，便拿出一疊拉鏈塑膠袋，放在食物臺一角，然後繞所有座位一圈，鼓勵來賓能吃就多吃，現場吃不下就打包拿回家當晚餐、宵夜或隔天早餐。穿梭在食物吧台和座位區的人果然多了起來，吧台上的食物顯然大大地暢銷了。

臨近下午四點時，來賓陸續離開。阿田、大川和桂芳等來賓全部離開後，連忙收拾需要帶回家的陳列物、工具和沒用完的消毒液、口罩等雜物。阿華的骨灰盒、遺照和幾組花在三人協力下完整地搬上車帶回家。部分剩下的食物如沙律、甜點、果凍、雜果乳酪、飲料等也都帶回家。坐車的人和運走的東西把大川那輛 SUV 前後座和後車箱都塞得滿滿的。

阿田家裡長沙發對面有一個高書架，下面連一個兩扇門的書櫃，櫃頂在書架最下格正好構成一個平台。阿華在書櫃前擺了一張可摺疊小鐵桌子，桌面和櫃頂平台等高。她平時就坐在桌前使用電腦。阿田事先把阿華的電腦移走，將櫃頂平台中央清空，正好可以四平八穩地擺放她的骨灰盒。骨灰盒特別密封了，裝在一個配上金黃色尼龍長帶子的黑色絨袋內。盒前擺放她的鑲框遺照。帶回家的花則仿照追思會上的擺設全部擠上那張桌子。

阿田、大川和桂芳三人安置了阿華的靈位後，挑選了幾樣帶回來的食物一起在阿田家裡吃，當作晚餐。阿田主張大川和桂芳將大部份食物帶回他們家，因為那些熟食最好盡快吃掉，他們家還多了兒子雨果一張嘴。阿田只

留了一些熟食和果凍、雜果乳酪等。

為阿華舉辦的追思會終於圓滿結束。阿田忙了十幾天。有些疲勞，卻感到身心舒暢。大川和桂芳回去後，阿田把帶回來其他雜物找地方放好後，在花束和花籃底部淋了一些水。他決定明天去買一具可以噴霧的膠水瓶，以便在花朵上灑水，延緩花的凋謝。

阿田上床前喝了半罐啤酒，靠着床頭查看手機上跟親友來回的短訊和圖片，沒多久，覺得睏了，躺下後很快就睡了。

[24] 華田家客廳內三連座長沙發對面有一個黑紋褐色木書櫃，靠牆站立在兩扇大窗戶中間，幾乎頂着天花板。櫃架下面連着一個兩扇門書櫃，櫃頂在書架最下格，正好構成一個平台。阿華在書櫃前擺了一張輕便的可摺疊鐵桌子，桌面和櫃頂平台等高，兩者連成她平時使用電腦的工作台。阿田從殯儀館帶回阿華的鑲框遺照和骨灰盒之前，事先把阿華的電腦搬走，將櫃頂平台中央清空，正好可以四平八穩地擺放她的骨灰盒。骨灰盒是個密封的厚紙盒，裝在一個黑色絨袋裡。袋口有一條金黃色的尼龍帶，可將袋口束起。骨灰盒後面擺着兩封盒子內容驗證書，將來進出海關時可向海關人員出示。骨灰盒前面擺放阿華的鑲框遺照。

阿華以骨灰和鑲框遺照的形式回家之初，追思會靈位台上骨灰盒周圍的擺設，全部搬了回來，仿照追思會上的擺設，擠上那張桌子和或靠着桌子兩側。阿田第二天就買了一具噴霧式水瓶，裝了水，每天在七彩繽紛、仍然盛開的花朵上面灑水。但花像人一樣，遲早終結。阿田看那些花一朵朵先後凋謝，無奈地一朵朵丟進垃圾袋。一堆美麗盛放的花，最後的結局是花瓣逐片剝落。花瓣剝落前卻張開得更大。最後稀稀落落地剩下零丁的殘

花。阿田索性將所有花朵連枝帶葉全部扔掉，連花籃底盆也一起丟掉，然後將桌面清理乾淨。他找了幾本像磚頭般的硬皮厚書疊成一堆，讓擺在一本厚書上的相框靠著，框前擺了一塊拳頭般大小的紫晶石鎮住，晶石前另加一具沉重的鞋子般大小的白色貓形雕塑，避免相框滑下。在阿田心目中，阿華的靈位就這樣佈置完成了。

阿田每日都會到客廳幾次。長沙發左前方窗口前有一晾衣架，掛着出去常穿着的外衣。阿華遺照對面的小書櫃上擺着量血壓心跳測量儀。遺照背後的書櫃架上擺滿音樂光碟。阿田拿外套、量血壓心跳儀、拿光碟，都進客廳。有時則專程進去默默地凝視華的遺照，有時帶淚，有時乾着眼。

阿華的好友到訪，也會在阿華的遺照前面默默地站一會。

二十年前，那張桌子原本放在餐廳隔壁的太陽房（註 1）內，七年前阿華從臺灣買了一部筆記本電腦回來後，才把那張桌子搬進客廳，放在目前的地方，讓她可以坐在桌前使用新電腦。

【註 1】「太陽房」指太陽西斜時有陽光照射的房間，不是每戶都有如此房間。

二十年前，阿田仍在報社做新聞稿英譯中翻譯工作，阿華也偶而在翻譯組人手短缺時客串代工。那時候，她的癌症在做完電療和化療雙管齊下的療程後已經受控，多次定期複檢都沒有復發跡象。身體健康了，心情開朗了，人也走運了。她透過報紙廣告，成功受美國在沖繩島的外國廣播信息站聘為遠程中譯英翻譯員，負責將該站提供給她的中共報刊軍事新聞或軍事文章譯成英文。阿田中文較好，又懂簡體字，並擅長上網搜索資料，自然成為阿華的幕後幫手。工作進展順利，獲得該機構的讚賞，給她翻譯的稿件便愈來愈密集。阿田當時還零散地從一家廣告公司接英譯中工件，預料阿華的翻譯工作可能需要他更多的參與，便辭掉報社工作。

阿田的決定是對的。這家美國機構後來問阿華有沒有興趣將中共中央電視台每天播出的各段軍事報導節譯成英文摘要。阿田說，不妨由他幕後替她試做一個時期。阿華英文較好，阿田的摘要自然要經過阿華修改後才交貨。兩人合作，成功地拿到了這份工作。做了一段時間後，阿華覺得工作量過於繁重，便向對方要求每周只寫四天摘要，其餘三天由該機構另外找人完成。

阿田使用兩人睡房內的電腦聽中文廣播節譯成英文，阿華則在飯廳隔壁太陽房內將從該機構網站下載的中文稿譯成英文。最初兩人輪流共用一台桌上型電腦，後來工作繁忙，便多買了一部筆記型電腦，放在陽光房給阿華使用。兩人將各自完成的英文稿交給對方審核修改後上載該機構的網站交貨。那時候，客廳是兩人工餘聽音樂、看電視、看光碟的地方。兩人並排坐在長沙發上，一邊吃零食，一邊或看電視節目或光碟影片，或聽唱機播放的音樂光碟，有說有笑，平凡中有寫意之妙，回憶中也充滿甜蜜。

阿華和阿田替這家美國機構前後工作了十二年。兩人到退休年齡後，阿華希望能每年去臺灣一趟，跟兒子相聚，便辭掉該機構的翻譯工作。阿田屈指一算，那已經是十年前的事了。阿華就是在退休後才把那張電腦桌搬進客廳的。

阿華開始使用新電腦之後，阿田買了一條高清多媒體接口線連接電腦和電視，所有油管（YouTube）上的節目都可在電視機的大螢幕上觀看了，兩人更喜歡一起坐在長沙發上觀看各種節目或影片。

2020 和 2021 年瘟疫爆發後的高峰期，阿田和阿華除了步行到附近的超市、百貨店、餐館、外賣食店、銀行、藥房購物或辦事之外，幾乎沒跟朋友聚會。手機和電腦自然而然成為阿田和阿華的日常生活的重心了。可惜那時候電視機卻壞了，因為疫情嚴峻，不便上門市購買新機，使用電腦的時間便多了。但電腦螢幕較小，不便兩人擠在一起看，除了兩人都很有興趣觀看的節目外，多數時間是阿華在客廳使用她的電腦，阿田在主臥房內使用他的電腦，各自看自己喜歡看的節目。

那張目前擺設阿華靈位的桌子上，有時候會擺放阿華的縫紉機。阿華坐在桌前將她某些衣服收窄或放寬，甚至微微修改衣、裙、褲、帽的式樣，偶而也修短阿田新買襯衫的袖子或褲子的褲腳。她有時把桌面清空，搬上一盒盒像是化妝品或飾物的東西，好像在挑選甚麼，也好像在整理甚麼，又好像在清理甚麼。她不說，阿田也不追問。阿田能看懂的只有一件事，就是她把過期或不再服用的藥物清掉的舉動。桌腳旁邊的垃圾筒就裝着丟棄的藥物。

阿華有時坐在桌前寫東西，好像從一本小簿子把一些內

容抄到另一本小簿子。阿華去世後，阿田整理阿華的遺物時，才知道當時阿華寫的是甚麼。有些是親友最新通信地址、有些是各網站的登入密碼、有些是使用電腦的某些步驟、有些是上網自學法文的筆記，有些是YouTube平臺上可看到的各類影音節目，有些是希望重遊的臺灣地點、有些是她新認識的英文字。都有個別的小冊子收錄，多數沒寫滿，但阿田都捨不得丟棄，決定要好好保留。因為她那手中英文字實在太漂亮了！他準備將來有空時從阿華留下的「墨寶」精選一部分影印，裝訂成冊，傳給阿華的子孫留念，甚至作為書寫中英文字的範本。

從其中一本記錄節目名稱的小冊子，可以知道阿華喜歡看甚麼節目。其中包括福爾摩斯偵小說影集、克里斯蒂（Aghata Christie）系列偵探小說影集、台灣電視台製作的總藝節目如《綜藝大哥大》、《綜藝大集合》等、日本製作的連續劇《深夜食堂》普通話版、音樂影片、法文教學直播、寵物片集、醫療保健直播等，範圍廣泛，獨缺中共傳媒所拍的電視連續劇和其他影視節目。阿田也一樣，除了《走向共和》和《金婚》兩片集外，沒看過其他中國製作的影視節目。

阿華喜歡看歡樂的節目，她的笑聲會和節目傳來的笑聲混在一起，阿田在房內也可聽見，笑聲比較響亮或頻密的時候，阿田會忍不住走進客廳，看她為甚麼笑得那麼開心。阿田通常不看電腦螢幕，而是側躺在長沙發上，只靠聽覺陪阿華看那好笑的節目。如果他聽起來覺得好笑、會躺久一些，如果聽起來覺得不怎麼好笑，他躺一下子後便會溜回房間。那個日本製作的連續劇《深夜食堂》普通話版，不是以笑聲為賣點，而是以「敘述方式」有趣而引人勝，阿田就會賴在沙發上，久久不走，心想，原來阿華聽普通話的能力強了很多，而且有高度的幽默感。這回憶也充滿甜蜜。

最讓阿田印象深刻的是他在廚房內準備晚餐的時候，從客廳電腦傳來的「一唱一和」的祈禱聲和唸經文的聲音。那是阿華做網上彌撒的尾聲。通常飯菜上了餐桌後不久，阿華便會到隔壁的太陽房，扭開收音機，聽 96.3 FM 播放的古典音樂，然後上桌跟阿田一起進餐。阿華去世已經超過五個月，阿田進餐前從來沒扭開過那部收音機。他獨自坐在廚房餐桌後面用餐時，彷彿仍可隱約見從客廳飄進廚房的祈禱聲和唸經聲。

阿華在生時也經常坐在客廳這張小桌子前面修改口罩，或做其他手工。瘟疫期間，她坐在小桌前的時間更多。除了重看《綜藝大哥大》精選片段外，也常看《綜藝大集合》和一些有翻版光碟的電影，阿田也陪着她看。家裡的電視機壞了之後，沒來得及買新的，大瘟疫就來了，所有由電視螢幕播放的影片全都暫停觀看了。但阿華仍透過電腦上油管。

阿華經常有腰酸背痛和其他身體部位疼痛的毛病，久不久就會叫阿田在她背後酸痛的部位貼「正光加味金絲膏」。她知道貼膏藥只是治標的舉動，認真上網學到一套伸展手腳、舒鬆筋骨的體操。這套體操之所以吸引她，可能是因為要躺着做。她把擱在單人房內的一個床墊搬進客廳，放在電腦桌椅子左下方的地板上。她會先上油管平台選播音樂（通常是臺灣驚喜快閃合唱隊的歌曲），然後躺在床墊上，側身、仰臥、趴臥，伸腿、伸手、坐起，輪流做齊了，便輕緩地搖頭晃腦一陣子，表示整套做完。

那床墊現在擱在客廳一列窗門下的牆腳邊，沒人使用了。

永訢在波士頓進修期間，阿華常去他的房間睡，為了避開阿田的鼻鼾聲。她白天則多數在客廳內活動。阿田多數時間在主臥房或廚房內。兩人各有各的地盤。但任何一方的睡房都隨時歡迎對方到訪。阿華連續幾天睡不好的時候，會吞半粒或一粒安眠藥，希望好好睡一覺。她吞藥後會來到主臥房門口向阿田道晚安，阿田當然也對她說，晚安！有時她會走到阿田座位旁邊或床邊，跟阿田互相親一親對方的臉頰或額頭，表示互道晚安。阿華跟着就去永訢的房間睡。

這類老來仍然恩愛的情境歷歷在目，阿田每次想起，總覺得又肉麻、又甜蜜！

[25] 二十多年前，阿華接受癌症治療之前、治療
期間和最初複檢期間，阿田陪阿華上過幾次
教堂望彌撒。他不是天主教徒，也不是新教基督徒，可
是他在教堂裡確實虔誠地祈求上帝保祐阿華，讓她獲得
治療，捱過病苦，康復過來，繼續活着。

那時期，阿華像平時一樣，每天數念珠、誦玫瑰經、敬
拜上帝。他也經常悄悄地念福音書中一段祈禱文，祈求
上帝保祐阿華，讓她度過險惡的生死關。

上帝聽見了他和阿華的祈求。阿華確實康復了！是個癌
症生還者！

網上望彌撒的節目流行後，阿華經常上網望彌撒，也跟
着網上傳來的聲音唱聖詩。她通常在晚餐上網望彌撒，
跟着主祭念祈禱詞，然後到太陽房，扭開古典音樂電
台，才到阿田對面的餐椅上坐下，準備吃阿田準備好的
晚餐。

阿華有幾尊大小不同的聖母塑像，擺在家裡不同的地
方，也有耶穌塑像和圖像。不同款式和顏色的念珠，有

的放在枕邊，有的擱在床頭几上，有的用 S 形勾掛在電
腦桌後面書架上，有的各別裝進精緻的小盒子，盒子或
放在太陽房的矮書架頂板上，或放在主臥房內的五斗櫃
頂。太陽房矮書架頂板也放着一堆朋友遊外國宗教聖地
帶回送給他的天主教紀念品。

這些念珠不是阿華的收藏品，而是她誦玫瑰經時用來數
的。她床頭几上擺的和書架上掛的念珠，有時會換上另
一款式。

種種舉動，都顯示阿華是個虔誠的天主教徒。

可是阿華從來不對阿田傳教或說教。阿田上教堂參加彌
撒，並不明白整個禮式的結構和程序。他多後年才上網
查出一些端倪。

天主教會定每年五月為「聖母月」，十月為「玫瑰聖母
月」。在這聖母月裡，特別敬禮聖母，按照聖母的要求
熱心頌唸「玫瑰經」，祈求天主對世人憐憫，遠離犯
罪，歸向正路，使世界得到和平。聖母瑪利亞不是神，
我們不拜她；她是耶穌的母親，我們尊敬她，我們愛她。

主祭會先後朗頌致候詞、懺悔詞、和集禱經的接尾。

因父、及子、及聖神之名。

願天父的慈愛，基督的聖寵，聖神的恩賜與你們同在。

願全能的天主垂憐我們，赦免我們的罪，使我們得到永生。

以上所求，是靠你的子、我們的天主耶穌基督，祂和你及聖神永生永王。

在主祭領全體信眾祈禱之前，會先帶領全體信誦讀光榮頌：

天主在天受光榮，主愛的人在世享平安。主、天主、天上的君王、全能的天主聖父，我們為了你無上的光榮，讚美你、稱頌你、朝拜你、顯揚你、感謝你。主、耶穌基督、獨生子；主、天主、天主的羔羊，聖父之子；除免世罪者，求你垂憐我們。除免世罪者，求你俯聽我們的祈禱。坐在聖父之右者，求你垂憐我們；因為只有你

是聖的，只有你是主，只有你是至高無上的。耶穌基督，你和聖神，同享天主聖父的光榮，阿們。

阿田也翻了幾本關於世界各大宗教的書，才逐漸明白，其實，天主教和新教基督教是相同的宗教，都屬於廣義的基督教。兩教信徒都崇拜耶穌，天主教同時敬禮耶穌的媽媽。耶穌是聖子，耶穌媽媽是聖母。但兩教的禮拜儀式則非常不同。天主教比較繁複，基督教比較簡單。

猶太教信奉的上帝跟天主教和基督教信奉的上帝是同一個神。但猶太教徒不相信耶穌是上帝的獨生子，認為耶穌所傳的福音脫離了他們的正統教義，是異端邪說。伊斯蘭教也認同天主教和基督教的神，但穆罕默德稱他所信奉的上帝為阿拉。他認為耶穌只是一位先知，不是上帝的獨生子。他自己也是先知，而且是最後一位先知。

阿田很想進一步深入了解這四大有神論的宗教，可是人世間還有很多重要的其他課題，並非只有宗教信仰。於是放棄投身這方面的探索。他的初步結是；各大有神論宗教和教派對上帝的理解就像盲人摸象，各摸到某一部位，而摸不著整體。

阿田曾把這想法告訴阿華。阿華沒完全贊同，卻也不完全否定。她對阿田說，我最不明白的是，為甚麼人世間有這麼多的苦難和悲慘的事？上帝既然是慈悲的，為甚麼讓這些不好的事發生呢？

於是，阿田一直想着阿華這些疑問。

[26] 二十一世紀 00 年代，阿華和阿田從事翻譯工作之餘，除了觀看娛樂性的電視節目外，偶而也看宗教台的基督教見證佈道會錄影。在某些佈道會上，佈道家會現場醫治某些到場的信徒。不少病患在佈道家接觸他們之後，或在佈道家為他們祈禱後，患者即時痊癒。參加佈道會的信眾便目睹了盲人復明、聾人復聰、跛者復行、痛者不痛的神蹟，媲美聖經福音書中所描述的耶穌所施的神蹟。

阿華和阿田最初看到這類影片，覺得有趣，也感驚訝。原來當今之世，仍有神蹟出現。兩人看了幾集這類影片後，經過多番討論，覺得所謂神蹟的宣傳，可能為了譁眾取寵，有欺世盜名的嫌疑。那些被神蹟醫好的盲、聾、跛、痛等患者，可能本來就不盲、不聾、不跛、不痛。阿華知道，作為一個天主教徒，這樣的懷疑是對上帝的不敬，可是，那些佈道家真能代表上帝嗎？

阿田不是天主教徒，也个是基督徒，在他看來，這類所謂靈恩派佈道會的「神蹟秀」，雖然荒誕，卻不失娛樂性。可是阿華是虔誠的天主教徒，面對她，他不好意思露骨地表示他的疑問。阿華的疑問反而令他驚訝！

阿田後來又逐漸發現，阿華對人間種種苦難、病痛和災禍都深感遺憾和不解。上帝大慈大悲，無所不在、無所不能、為甚麼讓這麼多的苦難、病痛和災禍一再發生呢？

阿田一直思索阿華的疑問。他後來想通了。阿華之所以有這類疑問，關鍵在她相信上帝是全智、全能、全善、無所不在、大慈大悲的神。這樣的神竟不能杜絕或防止世間的苦難、病痛和災禍，令人難以理解。

後來，阿田終於忍不住對阿華說，他也確信上帝的存在。這奇妙的宇宙不可能沒有一個奇妙的造物主。這造物主就是上帝。追求完美是人的天性。每個人都有一套完美的想法和標準。生命永恆不滅，也是每個人的希望。人間有情有愛，生命才有意義，情愛因此成為人生命的重心。所以人類會信奉一位全智、全能、全善、無所不在、大慈大悲的神，希望有個永生的天國。

完美的上帝和永生的天國因此成為天主教和基督教的教義。傳達這信仰的教士或神職人員便各自在這上面發揮他們的想像力，創造出不同的論述。他們說得太多，結

果說的，未必符合上帝的意旨。這種各說各話的現象，形成了各種教派，卻無助於解釋人世間為甚麼有這麼多的苦難、病痛和災禍。

阿田對阿華說，假如我們相信的上帝不是全智、全能、全善、無所不在、大慈大悲的神，所有疑問便迎刃而解了。換句話說，上帝可以是有缺陷的神，而仍不失為上帝，祂所創造的生命也不必是永恆的。

上帝非無所不在，所以有的人的苦難，祂沒看見。祂非全能，因此不能解除某些人的苦難和病痛。祂非全智，因此沒有先見之明，防止苦難或災禍的發生。祂並非大慈大悲，因此讓苦難、病痛和災禍降落在某群人身上，即使他們是祂的信徒。致於永生，祂所應許的，和神職人員所描述的，可能有出入。而死亡，根本符合祂定下的自然法則。祂所應許的天國，也未必如神職人員和信徒所想像和理解的。

阿田對阿華說，對這樣有缺陷的神，我們不可要求太多。就像一群子女不能要求父母特別關愛每個自己一樣。我們信奉祂，能做到的，是行祂認為是善的事，固

執祂的正義，發揚祂的愛心。祂疏忽之處，力有不逮之處，我們歉卑地替祂補足。祈求祂，也不可帶着命令式的口吻，像某些行所謂神蹟者的行為。

阿華沒有排斥阿田的想法，只是說，上帝有祂的意旨，世人未必完全了解。事奉祂，信就是了！這就是一般天主教和基督教神職人員和虔誠信徒所了解的上帝。阿田也沒在這問題上跟阿華糾纏。

在阿華因胃酸倒流、頻頻劇咳、小腿水腫等徵狀，接二連三接受多種檢察和化驗。那期間，阿田發現她很少對着電腦螢幕望彌撒。她的單人床頭仍擺着一、兩串念珠，有時候會變換念珠的款式。阿田相信她仍舊虔誠地誦玫瑰經。

可是阿田感覺到她的焦慮和徬徨，有點失落的樣子，像一個無助的孩子，得不到父母關心和照顧。

回想這些昔日情境，阿田很是懊悔自己對她的身心壓力關心不夠、照顧不周！

[27]　2023 年 5 月某天，阿華的契女芸妮到多倫多探訪阿田。她是陪她媽媽和舅媽到紐約探親旅遊，順道到多倫多、尼加拉瀑布、魁北克、蒙特利爾等地匆匆一遊。她們雇了一輛白牌車，以節省行程時間，並減少乘搭其他交通工具的勞頓。芸妮在她們從尼加拉瀑布回多倫多後，特地抽出兩小時跟阿田見面。她動身來北美之前已告知阿田，說會去看他，也看她的契媽。

阿田到公寓大樓外的訪客停車場接芸妮。兩人親切地握了手，交換了洋洋的喜悅。芸妮的母親也下車跟阿田握了手，雙方談了幾句話。阿田隨着也跟車內芸妮的舅媽打了招呼。芸妮的母親跟芸妮約好兩個小時後來接她，便上車繼續她的另一個行程。

芸妮進了阿田家，換了拖鞋，聊了幾句，便走到阿華的鑲框遺照前面，在遺照左下角放下一顆小松果，然後面對阿華的遺容念念有詞地表達她的追悼。她見的契媽，是遺照中的契媽。遺照後面就放着阿華的臨時骨灰盒，阿田早就跟她說了，阿華的骨灰目前暫時擺在家裡。

芸妮原跟阿田約定下午三點到四點間去喝下午茶，因行程變更，早到了，也因剛吃過午餐，不得不取消茶約。她怕阿田肚子餓，特地帶了兩個叉燒包給阿田當茶點。阿田說他也剛吃完午餐，那叉燒包就留着當晚餐好了。芸妮還帶了一盒九龍尖東某酒店製作的杏仁酥給阿田。

芸妮和阿田在廚房內餐桌兩邊面對面坐下後，芸妮開始講她當天上午在尼加拉瀑布經歷的故事。她們面對瀑布時，見到左邊有一道隱約可見的小彩虹。她們面向瀑布往右走的時候，見到彩虹逐漸升高，而且顏色逐漸鮮豔。走到右端時，彩虹高高橫跨天際。芸妮說，她彷彿覺得阿華在透過那道彩虹歡迎她的來臨。她因此在附近一棵松樹下撿起一顆小松果，帶來給阿華。就是她在遺照左下角放下的那顆小松果。

阿田聽完這故事後，眼睛濕了。芸妮也悄悄拿了餐桌上的紙巾抹自己的淚水。兩人相對沉默了一陣子。

芸妮以前來過多倫多兩次，一次跟彩思來，一次自己來。都住在永訢的房間。永訢赴美讀書時，阿華有時候會過去那房間睡。芸妮這次陪她母親和舅媽來，阿田沒

有邀請她住家裡。她不便脫隊單獨來住，三人一起來住也不妥當。阿華的去世和家裡的氣氛可能會影響她媽媽和舅媽兩位老人家的心情。

阿田對芸妮說，他最近因打電腦寫稿姿勢不對或連續時間太長傷了頸部。右側有一組筋變粗了，覺得頸部僵硬，使他不能正常地抬頭，行走時頭部不由自主地前傾下垂，而且會有頭暈的感覺，甚至腳步不穩。他說，家庭醫生觀察了他脖子向左右兩邊轉動到盡頭的情況後，發現他脖子向右轉的幅度較小，就是頸筋變粗那邊。醫生於是吩咐他使用電腦時儘量不要彎低頭部，視線不要高於螢幕的視像，並且每隔三十分鐘要歇一歇，緩緩地輪流向左和向右轉動頸部，最好離座走動走動。

芸妮說，她跟她媽媽經常接受推拿師傅的按摩，自己也學會一些按摩手法，又參加了瑜珈班，問阿田要不要給她看看頸部僵硬的狀況。

阿田同意後，她便站在阿田座椅後面，用手摸摸阿田的頸部，特別是右側那組僵硬的粗筋，也輕輕地抓抓阿田雙肩的肌肉，問阿田是否有酸痛的感覺，然後觀察阿田

頸部水平向右和向左扭轉的差異情況。她的初步結論
是：右頸筋因長時間的緊繃而受了傷。她接着叫阿田提
高肩部，下巴貼着上胸部，然後張開左手掌緊抓右耳後
側，脖子則緩緩地水平向左扭轉，扭到盡頭，保持當下
姿勢三十到六十秒。然後換右手做另一方向的相同的扭
轉脖子動作。跟着，她叫阿田儘量伸直頸部，背部靠着
椅背，雙掌攤開朝上，斜斜地向兩邊神直垂放，保持當
下姿勢約幾分鐘。

芸妮等阿田重覆一次做完上述動作後，便出動雙手，替
阿田按摩頸部和肩部。並教阿田如何自己輕輕地按摩和
推拿這些部位。

兩人聊了一些舊事和各自的近況，轉眼間便過了兩小
時。她媽媽便要來接她去赴一個跟朋友約好的飯局。

阿田對她說，假如彩虹的出現是阿華在歡迎她，那麼，
她教他如何自療僵硬的脖子和替他按摩頸部和背部，也
似乎是阿華在天之靈的安排。

芸妮走前又到她契媽遺容前面道別。離開公寓單位門口

前，跟阿田親切地擁抱了一下，互道保重。

芸妮的按摩的確有顯著效果。阿田當天早上原想去超市
買些零食給芸妮帶上旅途吃，因頸部不適而沒去成。現
在覺得頸部鬆軟了些，便趕緊搭車去附近超市買了蜜糖
果仁千層酥（baklava）、無花果蜜餞等幾種加拿大出產
的零食，然後打電話給芸妮，請她晚餐後到樓下停車場
等他拿下去給她。

芸妮一行三人先後去了魁北克、蒙特利爾、波士頓、長
島等市後，才回紐約她其中一位堂姐家住下，一直住到
六月八日才啟程登機飛回香港。她發文訊給阿田說，那
位白牌車司機很熱心，當起嚮導加贈了一些行程。除了
到麻省理工學院、哈佛大學、耶魯大學、布朗大學校園
一遊之外，又載她們去長島找一位表親。其餘九天，她
們三人主要在紐約市活動，去過幾個博物館和文化場
所，上過不少餐館聚餐，主要是中餐館和粵式茶樓。餐
聚人數好幾次都多達十六人。阿田不時收到芸妮透過
WhatsApp 發給他的相片，不是景點照，就是餐聚照，
有出席人物團體照和個別照，也有食物寫真。

6月9日，阿田收到芸妮的簡訊，說她們三人昨晚深夜平安回到了香港家，又說，第二天便要開始工作了，花店那幾天接了幾個訂單，因此不得偷懶。

阿田祝她工作愉快，並好好休息。

[**28**] 　阿田辦完紀念阿華的追思會後，及隨後一段時間內，阿華的契女芸妮跟阿田透過 WhatsApp 文訊的對話：

芸妮：

Hi uncle,

I have watched the live streaming of the memorial. I can see how happy she has been since you joined her in her life. Thank you for sharing those precious and memorable photos of her, you and family. Hope she will be in your heart forever !

With love,

Winnie

阿田：

以下是現場直播鏡頭捕捉不到或不夠仔細的場景。

芸妮：

你安排得相當精細,辛苦你了。完成這一節,你要先好好休息一下,再繼續其他工作。保重!

阿田:

好的。請將這些照片傳給彩思!

阿田:

相片裡我兩旁是她的小兒子頌義和媳婦美吉,矮人居中,比較對稱。頌義的面貌像極了他媽媽。連續播放的照片中有一張他和她媽媽的合照,我特地挑選出來,以顯示兩人是同一餅印印出來的。只是面部以下大大不同而已。

芸妮:

你形容得相當有趣!真的是餅印出來一樣。剛剛看到新聞,美國水牛城遇上大風雪侵襲,未知多倫多有沒有受影響?

阿田：

沒受大影響。謝謝你的關心！

芸妮：

今日是她的冥壽，特別想念她，希望她在天國逍遙自在、無牽無掛！

阿田：

我想哭！

芸妮：

哭吧！我每天總有一點時間會想起她，回憶起與她的點滴，是多麼美好的，這也是她留給我們的禮物。

阿田：

我遲些回覆你。我也有很多美好的回憶，混合很多悲傷。

Miss Wah 的後事不是辦完喪禮和追思會就算大功告成。她還留下大量的衣物，需要處理。除了極小部分外，這些衣物怎麼處置她的遺囑並沒詳細提到，只籠統地說捐給救世軍。她去得突然，許多事情她根本來不及交代，或跟我充分討論。這類遺憾的感覺讓悲傷不時湧上心頭，令我經常處於心情低沉狀態。我目前感到最棘手的事是修改我的遺囑。三個兒子都不在加拿大，必需物色願意在必要時幫我安排醫療事務和處理部份身後事的朋友，然後找律師行辦幾份授權書，包括讓被授權人在我指定的銀行戶口提款的授權書。目前，我已決定不搬去臺灣定居了。除非中共放棄仇美的政策和爭霸的野心，否則臺灣不是理想的定居之所。我在想。是否賣掉目前的住所，將獲得的售金分成四份，三個兒子各得一份，留一份我用來租個較小的公寓單位。我相信我所領取的老人金和相關的補貼加上生平的儲蓄，夠我簡簡單單過日子。搬去臺灣，這些老人幅利和免費醫療都沒了。在多倫多，甚至請鐘點 PSW（Personal Support Worker），透過醫院的安排，也是免費的。在臺灣，請同類人員是要自己付費的。期盼兒子及他們家人照顧自己，可能不是好的選項。何況最大一筆遺產（賣目前住所的錢）已經分了。阿華在世時，兩人相依為命，日子過得簡單，

卻毫無不安全感。現在，所有大小決策都要獨自擔當，有時不免感到徬徨和無助。說這些話好像向你訴苦，希望你不介意。這是覆訊的第一部分。遲些再傳第二、第三部分給你。其中悲傷的色彩會逐漸消褪。

芸妮：

我就是擔心你沒人可以傾訴，如果你不介意，有任何想訴，我絕對願意傾聽的。

阿田：

謝謝你！

她有大量的冬衣、帽、襪、鞋、靴、手袋等衣物，有的用過，有的像是全新的，都保存得很好。鞋和靴都放在原盒內。我擅自讓她最好的朋友分批到家裡挑選喜歡的接收，也可當做紀念品。物歸新主，我感到很安慰，排除了心酸的感覺，相信她也會開心。不過這些衣物都要試穿，因此這類活動不適合遠方的親友參加。然而我也發現一些不必試穿的小工藝品或異族飾物，是她二十多

年來從夏天街頭節攤販或多倫多精品店買來的。她有收集這類工藝品的嗜好。我已闢了一個專區，集中存放這類物品，將來分送給她的親友。最後沒分給親友的東西，才捐給救世軍或投入衣物收集箱。這些她的身後事，都得好好處理，這是我固執的想法。

芸妮：

絕對不是固執，uncle 你由葬禮的事，到現在都做得非常人性化、細心和窩心，我相信與 Miss Wah 的心意會是如出一轍。

因為家族成員和朋友比較多，我自小就面對很多離別，有患病、有意外、有暗病突然走了的，當然我知道每個人有他不同的開始和結束，但每次面對也會難過不捨，那時年少，人生經歷也少，好記得 Miss Wah 是這樣安慰我，時間可以沖淡一切，難過睡醒後又是另一天，生活也要繼續過，現在回憶是百般交集，不用叫自己忘記也不需刻意忘記，慢慢回憶多次過後，事情會好像已經沒有太大情緒浮現，這時所有就會變成記憶，每個人也會有「他與他」的記憶，這就是人生。我不敢說能安慰

uncle，只是和 Miss Wah 也相知相遇了近 30 年，你是我可以回顧她點滴的最佳人選，希望我們能好好生活下去，共勉之，相信這也是她最大的遺願。

你提到收集工藝品，早半年前左右，她寄了一個吊咀（註1）給我為生日禮物，她說過走了後這些東西也沒有用，記得說過你們的新抱（註2），有一位叫珀珊，Miss Wah 也收集了一些琥珀的吊咀之類，會留給她，像是她是喜歡的。

阿田：

跟你能夠分享對阿華你的 MissWah 的思念，是美好的事，也是難得的事。回憶的內容雖然不盡相同，她卻因這些點滴的回憶而仍活在我們心中。你經歷了不少離別的悲傷，而能一次又一次地讓情緒平伏下來，是高情商（EQ）所給你帶來的福氣。你還年輕，看到的是不見盡頭的未來，所以你的情商可以居高不下。我已是老齡人，阿華走後，突然醒覺，剩下的日子可能屈指可數了。幸好我的情商也不算太低，心想，就算屈指計算，也有十隻手指，必要時加腳指，不是二十嗎？當然這樣

【註1】「吊咀」：吊墜。
【註2】「新抱」：媳婦。

的過度樂觀是無益的，生活放肆起來，不加檢點，反而危害健康。因此還是要假設自己可能隨時一命嗚呼。因此要趕緊找律師協助我修改遺囑及辦兩份授權書。我今天下午四點發了簡訊給你後，便連續打了三個電話給三個律師行詢問有關事項。有關細節還要跟兒子和願意接受授權的朋友協商，才能確定。吃完晚餐桂芬來電，她和丈夫大川願意在執行遺囑的兒子從台灣趕來多倫多前接洽殯儀館等事。給你的覆訊因此拖到現在才發出。倒是我不該在那個時間發簡訊給你，累你在清晨五點鐘便起來寫簡訊給我。抱歉！抱歉！

芸妮：

千萬不用抱歉！今早要早起，我那時也剛醒來，通常我會在床上拉大約半個小時筋才起床，如果我在睡覺或工作忙碌時，我是會暫不回覆你的，放心。你說的真有道理，可能我還未到老年，我常接觸到好多年長人，包括我娘親大人，也會覺得日子越來越少，所以她會玩得食得行得就好，當然也會珍惜自己身體。Uncle 你的 EQ 也太高，數手指腳指！以往 Miss Wah 也常和我說，很感激人生遇到你，令她人生多了很多歡樂。能找到可以信

託的人，去處理你授權的事，亦替你高興。以後的事，就等以後再算，幾時到那一天，就隨緣吧！

阿田：

你本人和 Miss Wah 的口風都透露了你是一個孝順而貼心的好女兒。這樣的女兒可真是可遇而不可求呢！這是上天賜給你媽媽的大福。致於 Miss Wah 對你說關於我的話，可能是她不想說我的壞話，免得讓你對我有不好的印象。我的 EQ 有時候也會偏高，甚至忽高忽低，像我的心律一樣不正。心律不正，有藥物可以調整，EQ 起跌可能需要 IQ 來調整了。我和阿華並非從來不吵架。愈年輕時吵架愈劇烈。年紀逐漸長大後，IQ 的功能逐漸顯露，雙方都學會了克制和忍讓。在我和她相依為命的最後十幾年內，我們雙方都沒將吵架的怨氣和仇恨跨夜帶到隔天。通常在午夜前後，就有一方真誠地向對方表示歉意。然後雙方互相親親對方額頭或臉頰，或者緊緊拉著對方的手。這類舉動令第二天的氣氛顯得格外溫暖、更加可愛。

回憶這些往事，有時心中充滿甜蜜，有時卻充滿懊悔。

現在的懊悔，等於說，當時就該忍讓她多一些、寬容她多一些、愛惜她多一些！這些懺悔也會出現在我準備寫的書中。

目前，我只向幾個人透露寫這書的計劃，請你暫時不要向他人透露。如果順利完成，將是一個美麗的愛情故事，希望是個福音，能指示人如何面對健康、疾病、死亡，如何安排和處理後事。最重要的目的是，讓阿華活在這本書讀者的心中。

芸妮：

知道你再執筆實在太好！我也期待你的作品，放心，暫不會對外公佈。人與人之間相處真的很奇妙，別人眼中是一件無聊事，但只要對正那個人，就會產生你們之間的化學作用，這也是那套說法，找對的人在一起。能在有生之年找到對的人是很難得的，而你們相知相愛相處幾十年，可以白頭到老更是可貴，所以你人生走到最後一段，因為有過她，也是快樂的。

我一定不會介意你「水蛇春」（註3）的長文，之前還擔

【註3】「水蛇春」：「春」在粵語中為卵、蛋的意思。水蛇的卵會數十顆連成非常長的一串。形容文字或話語很長。

心你未必會想和我聯繫，現在你願意，我實在求之不得，也是我們對阿華的情誼的一份延續。

[29] 某晚，阿田在夢中見到了「無印良筆」，對他說，他是編寫真實故事的作家，不能虛構故事。他問阿田，是否能夠以描寫夢境的手法，描述一場阿華親友為她舉辦的在生追思會。

阿田從這奇怪的夢中驚醒，很認真地反覆憶想「無印良筆」的夢話。

「無印良筆」的夢話使他想起了紀念阿華的追思會。那追思會是他在大川和桂芬協助下舉辦的，是個小型聚會，阿田只邀請兩人最好的在地同學和朋友和他們的配偶參加，出席者不到四十人。會場上有兩個大螢幕，不斷重複播放配樂的阿華和她親人的五十多幅照片，又有照片架區，陳列阿華和朋友的照片。來賓坐在幾個 U 形區的沙發上敘舊聊天，或看螢幕播放的相片、或跨區交誼，或往吧台選取食物回座享用。氣氛莊嚴安寧，卻不失溫馨祥和。可惜阿華不在場！

「無印良筆」的建議沒錯。如果這樣的追思會在阿華在生時某時間點舉行，阿華可會很開心呢！

阿田記得，他和阿華先後都讀了米奇那本小說《最後十四堂星期二的課》，也看了根據小說拍成的電影。阿華更是小說電影各再看一遍。兩人從那故事中得知有所謂「在生的追思會」，卻沒認真想過這樣的追思會何時舉行，如何舉行。人活生生的時候不會舉辦這種聚會，忙於接受各類病患檢查時又沒時間籌劃這種事。到病情惡化，需要接受治療時，已來不及了，病人可能已經沒氣力參加這種聚會了。

阿田心想，這樣的「在生的追思會」既難以實現，也就無從構想。然而他靈機一觸，突然想到一個亮點。那就是，他將那場阿華去世後舉行的追思會重溫一遍，而想像阿華也在場。

是的，假如阿華在場，氣氛會完全不同。主角彷彿從播放照片的螢幕中跳出來，在會場上各 U 形區之間穿梭走動。她不會滔滔不絕地獨白，她會耐心仔細傾聽別人說的話。她會跟親友話家常，交換有趣的小故事。她不會在政治和是非話題上逗留。對於她正在接受的各項身體檢查，她會輕描淡寫地簡略透露。她會殷勤地叫來賓去吧台那邊拿東西吃。她會更積極地鼓勵來賓去另一張食

品陳列桌，取阿田根據她的喜好所準備的「臺灣零食
包」。

她會開心地笑，有時微笑，有時暢懷大笑。她知道這是
她和親友互相告別的聚會，氣氛會比她留在螢幕上更讓
人傷感。

突然間，中學老友區傳來一陣又一陣的笑聲，像是有人
在講笑話，每講一段，聽眾就笑一陣。阿田好奇地走過
去，看到底誰在講笑話。原來講的人是阿華。他問阿
華，可不可以重頭再講一次。

阿華環視聽眾，問道，好嗎？聽眾異口同聲說。沒問
題。這笑話百聽不厭啊！阿華於是開始講那個笑話：

70 年代。倫敦一個上海移民過去的女士到香港旅遊後回
去，對她倫敦的廣東話朋友報告在香港馬路上跑來跑去
「的士」的顏色。她的廣東話帶濃厚的上海腔，「的士」
聽起來就像「的屎」，即笑點之所在。

上海腔的女士用廣東話對廣東話朋友說，我們倫敦馬路

上「的士」都是黑色的，香港馬路上「的士」則有不同的顏色，有紅色的、有黃色的、有啡色的、有藍色的，有綠色的、也有像倫敦的黑色的，更有趣的，還有上面有格子的。就這段笑話，聽眾之中再次響起幾串笑聲。阿田也笑了，開懷地笑了。那是兩人剛來多倫多定居的歲月，各家老同學經常在家舉辦「百樂餐聚」。阿華這個笑話幾乎成為例牌的餐後甜點，大家好像百聽不厭。笑話內容大家已耳熟能詳，引人入勝的卻是阿華的聲音、腔調、和節奏，好比是一首歌曲，大家都知道歌詞，卻仍百聽不厭。其實阿華每次重複講這笑話時，都有些變化，像樂曲的變奏，這就是阿華講那笑話的精華所在，她的演藝，因此每次再講，仍受歡迎。

阿田聽完阿華的笑話後，離開那區到別的地方招呼來賓。阿華的聲音仍在耳邊繞着。他不自覺地握着拳頭，心裡「耶」了一聲，喊道，是的，讓阿華從螢幕上下來是對的！

有緣才有聚。有聚乃有離。有離才要道別。告別始終是遺憾的事！不管是死後的追思會，還是在生的追思會。都是告別會。即使沒有追思會，親密的死者和生者之

間，也會在心裡跟對方互相道別。

有生必有死，這雖是自然法則，卻是人生最大的遺憾！幸而，死亡只能結束生命，不能結束親密的心靈聯繫。阿華會想起莫利所說的這條金句嗎？

阿華復發的癌症確診為末期後，阿田很傷心，在阿華面前流了幾次淚，滿臉的淚，帶着鼻涕，也曾輕輕地哭泣，抽搐地哭、甚至號啕大哭。阿華也有流淚，但不帶激動的情緒。有一次，阿田坐在她的床邊，握着她的手，流着淚。她安慰阿田說，不要難過。反正兩人總有一個先走。我們沒患上老人痴呆症，已算幸運了。否則活着互相折磨更是痛苦。活得愈長，折磨得愈久。我們現在還能神志清醒地交談，不錯了！她跟着說，我走後，你還有三個兒子，四個孫兒女，許多好朋友，其他親人，要好好保重自己！說到這裡。阿華也流淚了！但沒有激動。阿田知道，她捨不得離開她的親人和朋友。她還沒做好心理準備！

阿華陪伴他將近三十年，是他的妻子、兒子的繼母、相依伴侶、靈魂伴侶、紅粉知己，工作拍檔、英語導師，

也是廚警、吸塵師、拖地員、廁所管理員、洗衣機操作
員。她扮演的每個角色，都讓他感激萬分，可是他光會
哭泣流淚，卻忘了多一些表達自己對她的感激之情。這
令他感到非常懊悔！

他也感到遺憾的是，阿華在生時沒向她明白表示，如果
有天堂，他會去跟她相聚，如過有來生，希望她再嫁給
他。

阿華的好友佳琳曾經對阿田說，夫妻兩人，先走的可能
比較幸福。阿田不完全同意這說法。他看了電影《時光
倒流七十年》，始終不明白時光如何倒流，不同人的時
光如何齊齊倒流。可是他很確定，世間事可在回憶中重
演，不斷地重演。因此，如果回憶能帶來甜蜜的感受和
美麗的昔日情境，未亡人似乎比較幸福。

阿田雖然善良，可是 EQ 稍嫌偏低，幸好他的 EQ 與年
齡俱長。然而跟阿華吵架時，有時還戒不掉兇巴巴的面
目和舉動。他從來不動手打阿華，就像他從來沒打過兒
子永訢。可是他兇起來會用拳頭重重地鎚桌子，或用手
掌大力拍桌子。還會摔些不會破碎的東西。但他確實踢

壞了一台豎立型電風扇。不知為甚麼，這台踢壞的風扇到現在仍擺在洗衣機房內，阿華沒把它拿去丟掉。

阿田每想起與阿華吵架的情境，也感到懊悔萬分。兩人吵架後，怒氣還是會消的。可是阿華氣消的速度似乎比阿田快。她經常在阿田準備向她道歉之前來到阿田面前。用右手背輕輕刷着阿田的臉頰。兩人很快就摟在一起了。這類甜蜜的回憶也讓阿田感到懊悔。

更令阿田感到遺憾的是，在阿華確診癌症復發後，他沒有及時多花些時間跟阿華看看舊照片，聽聽兩人喜愛的音樂，談談自己生平最快樂的時光，回憶記憶中的旅遊景點，談談兒子和他們的子女，談談讀過的書和看過的電影，回味吃過的美食，回憶各類往事等。

更更令阿田感到懊悔的是，為甚麼他沒提醒阿華不可盡信癌症醫生的話。要做的抹片檢驗還是要做！

而令他憤怒的是，這場製造了新冠病毒的人禍。

病毒是人禍，而防病毒的疫苗是否也有人禍色彩，仍是
未知數。

[30]　1993 年某月某日，阿田和阿華在香港一個書展會場上巧遇而相識。至於是哪一天，阿田已經不記得了。許多事情和情境，都會在人生記憶裡消失。他雖然隱約記得當天阿華穿甚麼衣服和鞋子，她當時的模樣，卻已在他的記憶中模糊了。

阿田更不記得他自己當天穿甚麼樣子的衣服和鞋子。也許記憶的模糊和消失並不要緊，重要的是，他跟阿華婚後結伴共同生活了二十八年。但其中不少生活點滴，也如幻影般從他的記憶中不見了。

阿田也發現，阿華擁有的某些物品，在她去世後不見了。她有一個姆指甲般大小的 K 金心形盒吊墜，裡面裝着一小撮咪咪貓的毛。她用一條 K 金項鏈，一直將這吊墜掛在胸前。他記得，她是掛着那條鏈墜進醫院的，然而阿田從醫院帶回家的她的遺物中，並沒有那條鏈墜。阿田想，他可能沒戴那條鏈墜去醫院，但找遍她可能存放這類飾物的地方，都沒找到。結論是，不見了！

阿華背部裝了放肺積水的導管回家後，一位個人護理員開始到訪替她流放肺積水。有一天，她把阿田叫到床

邊，手上拿着三件首飾，對阿田說，這兩個碎鑽十字架，是你給我的，你前妻的遺物，可不可以送給頌仁和頌義？阿田毫不猶疑地說，當然可以。阿華跟着說，這枚小金戒子，據說是你外公給你的，一直由你媽媽保管，後來給了永訢的媽媽，她去世後由你接手保管，然後你給我保管，現在還給你。你將來交給永訢。阿田點頭說好。然後拿着那三件首飾，走進主臥房，放進一個拉門的壁櫥。他當時心情混亂，事後只記得阿華交代他的話，卻完全忘了那三件首飾裝在甚麼東西裡面。是一具龍貓毛公仔，還是一個小珠寶袋？

那龍貓毛公仔原來裝着褶成小疊的銀行戶口清單和幾把重要的鎖匙。阿華出院後一度擺在小房間阿華床邊的電腦桌上。護理員來訪時仍在電腦桌上。後來不見了。

那壁櫥裝滿被單、床單、枕頭套、大小毛巾、阿田的牛仔褲、毛衣、阿田的新衛生衣褲等。東西放得滿滿的，相當雜亂。阿田到現在仍沒時間好好將裡面的東西全部拿出來整理好，重新放進去。

不管那三件首飾放在甚麼容器內，阿田確定是往那壁櫥

裡塞的。他想，現在不見了，但遲早可以找出來的。

阿華在生時，久不久會從主臥房五斗櫃附近某抽屜拿出一疊紙，念幾段上面打印的英文詩。那是阿田寫給她的色情詩，是兩人閨房之樂的一部份。有一次，阿田聽阿華念了幾句，笑着對阿華說，獻醜了！那時候，我的英語寫作能力還沒經過你的指導，沒有名師調教洗禮，很不入流，不成體統！可觀處可能只是它的色情成份。阿華笑笑，繼續再念幾段。

阿田不得不在一邊聆聽。他享受的倒不是詩的文字和內容，而是阿華朗誦它的韻味和表情。

阿田在阿華去世後，曾翻箱倒櫃，就是找不到那些詩稿。他也把這些詩稿列為「不見了，但遲早可以找出來」的東西。

回憶帶不來原物，卻是甜蜜的，蜜汁化成淚珠在阿田的雙眼裡滾動。阿田用手背抹一抹雙眼，不讓淚珠掉下來。

阿華發現自己患了胃酸倒流後，經常咳嗽，便常去永訢

的房間睡，免得打擾阿田的睡眠。阿田便開始有臨睡前靠着床頭翻閱書籍的習慣。雙人床上阿華睡的位置於是放了一堆書。阿華去世後，又加了一堆待處理或已處理的文件。有一天，阿田覺得一邊床太凌亂了，便把大部份書和一部份文件移到阿華那邊的長形床頭几上。那時候，他忽然發現本來放在那床頭几上一幅由桌式相片架托着的鑲框相片不見了。那是他和阿華兩人婚後第一張上照像館拍的相片，用來寄給當時在美國田妹家寄居的田爸媽看，等於介紹阿華給他們。照片中的阿華很漂亮，阿田相貌也好，兩眼還未動白內障手術，兩眼雙眼皮仍然對稱，眼袋也還沒出現。兩人都很年輕。阿華很喜歡那張照片，便裝進連相片架的相框擺在床頭几上。阿田很緊張地滿屋子到處找了幾天，還是沒找到。只好等以後它自己亮相了。

阿華在生時也曾找不到她的加拿大身份證。她去世後，阿田卻在廚房大烤箱底的抽屜內一個長形錢包裡找到。阿華喜歡將重要的首飾和證件藏在那地方，卻忘了她連身份證也藏了進去。

阿田心想，沒小偷光顧家裡，不見了的東西遲早會再出

現的。

如今，原來活生生的阿華也不見了！藏在甚麼地方？誰偷走了她？去了甚麼地方？

阿田和阿華曾談起天國。阿田開玩笑地對阿華說，他心地善良，喜歡做上帝認可的事，以自己的行動展現上帝的智慧、公義和慈愛，雖然不是天主教和基督教心目中的信徒，仍希望上帝能網開一面，讓他上天國做個見習居民。

阿華對他說，這並不困難啊！只要你在嚥下最後一口氣之前向上帝懺悔，虔誠地透過耶穌信奉祂就可以了！

阿田說，可是我有個疑問。如果上了天國的人仍要靠相貌互相辨認，那我的前妻恐怕認不出我了。她去的時候，沒看到我老的樣子。如果你先去了，你認出她，請你跟她說，我可能要見習一陣子。等我見習完畢，會帶我跟你見面。大家都是一家人了！

阿華聳聳肩，微笑不語，覺得阿田在胡言亂語，不過蠻

有趣的，無傷大雅。

這類回憶中的往事目前仍然活生生的給阿田帶來甜蜜的滋味。阿田知道，記憶遲早會模糊掉，也不再新鮮感心。

為了在心中保持阿華清晰鮮明的模樣，阿田不時站在客廳中阿華的遺照前面，凝視片刻。偶而重溫追思會播放的阿華照片，或翻閱兩人的相片簿，更新褪了色的記憶。

事實上。阿田和阿華雖然相依為命，一起生活了二十八年，卻各自有自己的內心世界。經常跟阿華互相交流內心事的人可能是志森的妻子貝拉。但阿華從不向阿田透露兩人交談的內容細節。阿田問起，只籠統地交代一下。她也經常跟後來成為契女的芸妮泛談心事和人生經歷。內容秘而不宣，只在少數場合，才叫阿田坐在她的對面，將手機的聲量扭大，一起跟芸妮交談。阿華跟在三藩市灣區的佳琳，也有每月或每兩月一次的電話約會。她對阿田說，她們幾乎天南地北無所不談，但少談政治。阿田也不追問兩人談話的內容，只知她們經常互相交換讀書心得，事後，有時會將某本書寄給對方，對方看完，又寄回來。阿田知道，阿華跟其他親友也偶而

會互通心事。這類阿華的內心世界，對阿田來說，確實是陌生的。

阿華喜歡閱讀推理小說，從年輕時代便是福爾摩斯小說迷，後來進化為克莉絲蒂（Aghata Christie）和詹姆士（P. D. James）兩位英國作家的推理小說迷。兩位作家的推理作品，她各收藏和閱讀了頗為齊全的一套袖珍版本。她也看基於這些小說拍成的電影和片集。她對阿田說，兩作家寫的故事情節引人入勝，但她最欣賞的是她們的文筆。阿華有幾本筆記簿，專門記下好文句和她不認識的辭語，以刷新自己的英語寫作能力。阿華也看鬼故事，但從不表示她怕鬼。

阿華也從香港帶來幾本日本漫畫家小林誠的《我為貓狂》中文版，是有貓當主要角色的推理故事。她後來在臺灣也買了幾本杉作畫的貓漫畫。此外，還有幾十本各式各樣的貓故事和貓圖片冊。這些書阿田都翻過，但沒仔細閱讀。可以說，阿田對阿華心中的推理世界和貓世界是陌生的。

阿田也發現，阿華只讀過金庸最早的一本武俠小說，沒

讀其他金庸小說。她也沒讀過《三國演義》、《水滸傳》、《西遊記》、《紅樓夢》、《鏡花緣》等中國古典小說，但讀過《老殘遊記》。中國近代和當代小說，她一本也沒讀過。但根據這各種各類的中文小說拍成的電影和劇集，她和阿田看過不少。

然而阿華年輕時和讀大學和師範學校的時代，讀了不少英文文學名著，這些作品是阿田沒碰過的，甚至連書名也沒聽過。

有一個時期，兩人都喜歡奈波爾（V. S. Naipaul）、毛姆（W. S. Maugham）、狄更斯（Charles Dickens）、辛格（I. B. Singer）等作家的作品。兩人的小說閱讀範圍，總算有這小小的明確交集。

印本文學名著之外，兩人看了無數的電影和影集，有些是買來的盜版影碟，有的是租來的正版影碟。影集只看韓國現代劇。阿華只在去三藩市灣區探訪阿田媽媽時才陪她看中國製作的連續劇。阿華跟阿田逛二手書店時，特地買了整套 Mind Your Language 和幾季系列的 Three's Company 影集。這些影集是 70 和 80 年代出品，她以前

看過，覺得好看，介紹給阿田看。兩人也一起看黃子華和詹瑞文兩人個別的《棟篤笑》影片，Mr. Bean 的影集、卓別林的電影、許多卡通片。此外，芸妮送給兩人的宮崎駿全套影碟，以及兩人購買的以《麥兜故事》開頭的三部麥兜系列動畫影片，也是兩人重複觀看的影片。這些電影或影集，多數兩人一起觀看，是他們拍檔從事翻譯期間工餘的娛樂節目。

阿田認為。一對配偶，除非從小就是青梅竹馬，否則對對方幼兒、兒童、少年、青年、壯年等不同成長期一定感到陌生和神秘。這就是四十六歲以前的阿華給他的感覺。

瘟疫大流行期間，阿華忽然很熱衷上油管觀看一位豆沙喉流行曲老歌手的大型演唱會，反覆聽他某幾首最熱門的歌，並屢次叫阿田過去一起看。阿田看了幾回後，表示興趣不大。那豆沙聲令阿田感到全身起雞皮疙瘩，但他不好意思這樣直白，只說，那歌手顯然把嗓子唱壞了！聽他唱歌，心裡很難過，擔心他終有一天唱破嗓子，成了啞巴。阿華當時曾多次提到那歌手的名字，但阿田現在怎樣也記不起來。他曾問過貝拉、佳琳、桂芳

和芸妮等人，阿華有沒有跟他們提起一位豆沙喉老歌手的名字。她們給了阿田一些名字，阿田上油管找那些名字的歌試聽，發現都不是阿華和他聽過的。到目前為止，那歌手的名字仍是未解之謎。

阿華和阿田長期相伴，相依為命，觀看同一老歌手演唱會錄影，卻有大不相同的感受，看其他電影、影集和電視節目，想也未必有相同的感受和樂趣。阿田自知，阿華有些書他是不看的，阿田有些書阿華也不碰。永訢房間內很多書，存放在大紙箱內的不算，擺上高書架上的已是玲瑯滿目。阿田不知阿華有沒有拿其中某些來翻看或閱讀。阿華也不知道阿田在主臥房內看甚麼書。任何一方，都有讓對方感到陌生和神秘的一面。

阿華去世後，阿田整理主臥房衣物間內的雜物時，發現一個很長的背囊，裡面裝了許多阿華的學歷和職歷文件，包括：香港中學會考成績單、香港大學入學錄取證、英國倫敦大學校外修讀生文學士畢業證書、倫大主修地理和副修英國文學等科目證書，羅富國教育學院畢業證書、多種高級英語聽寫講能力文憑、數所香港英文中學英語教師聘書等。這些文件，阿華從沒給阿田看

過，阿田發現後，感到很新鮮，特別是阿華會考成績單上那張相片，顯示阿華當年青春年華時代的樣貌，美麗而清秀，讓阿田感到既陌生，又神秘。阿田決定找一天將整包文件一一掃描，存入儲存他文稿的一枚 USB 中。文件原本則會交給阿華的兩個兒子保管。

然而這些文件也讓阿田不解。阿華從沒讓阿田看過這些文件。他根本不知道有這些文件的存在。其中許多課程的優異成績證明和多張英語聽寫講能力證書，都是值得驕傲的成就，為甚麼不給阿田看看呢？阿田只記得，阿華不大願意談起某些往事，說有許多不愉快的回憶。阿田沒有追問，只是猜想，她的前夫因心臟問題沒出外工作之後，她必需獨力挑起維持全家生計的重擔，因此不斷努力提高自己的謀職和任職能力。這背後可能有不少她不願與阿田道的艱苦辛酸歷程。

從負面的角度看，這陌生感和神秘感的存在似乎顯示兩人同床異夢，從正面的角度看，卻如同以熟悉感打了底的新鮮感。

阿田終於領悟，他的《小語》寫來寫去，只是他熟悉的

阿華，不是他感到陌生的阿華。他的回憶，只容納他熟悉的阿華，卻無法捉摸他感到陌生和神秘的阿華。在他的生命中，阿華來了，又走了，像一股和風，慢慢地吹了二十八年，既熟悉，又陌生，也神秘，他置身其中，卻無法全身投入，與風共舞，是他的大遺憾！

阿田孤家寡人，有時候會對阿華說話，不是對着阿華的遺照，而是對他心中的阿華。

每日殺一螂

不知甚麼時候開始，家裡出現了你最不喜歡見到的蟑螂。小的很小，通常在大烤箱頂爐頭邊和水槽台上出現，牠不動的時候，看來像從鼻孔挖出來或自然掉落的一粒鼻屎。看到牠移動，才知是蟑螂。大的其實也不大，像一顆拍扁的松仁，在巧克力粉中滾過拿出來。

有一天，我靈機一觸，想到對付牠們的辦法。走近牠之前，先拿兩格衛生紙，揉成小團，然後拿起裝了 70% 酒精的噴霧瓶，悄悄走近目標，向目標噴酒精。然後，不管牠在逃跑，還是泡在酒精裡不動，盡快精準地用紙團將牠套住，隔着紙團捏起牠，然後放進水槽內狠狠壓死牠，跟著再用紙團捏起牠，把牠連紙團丟進槽台上的垃圾袋內。再開水龍頭，用水沖洗水槽，然後再噴些酒精，消毒水槽。除蟑螂行動乃一氣呵成，乾淨俐落。你只要親自操練幾遍，就能得心應手，成為蟑螂剋星。現

在，只有我獨自殺螂，幾乎每日一隻，因而自封為怪俠「每日殺一螂」。

我曾在殺螂後洗了手，隨即量血壓和心率，發現心率高達 127。休息片刻再量，心率才跌落正常的 80 上下範圍。可見殺螂行動是劇烈活動。

Wolly 不見了

兩年前，我們從公寓園區車輛入口處左轉，走到兩條大馬路交界處一塊大石附近，就會見到淺褐色松鼠 Wolly，那是牠等你餵牠花生的老地方。新地鐵站開工之初，行人道旁邊馬路上堆着建材和施工器械，你發現 Wolly 不見了。後來，堆放在馬路邊那些建材和器械搬走了，大石猶在，但 Wolly 沒有回來。

現在，那塊大石不見了，附近的大樹全被砍掉了，連那家賣潛艇三明治的 Subway 快餐店也消失了，原來一大片小商圈區給圍封了起來，鋪上沙石，風吹時，沙塵滾滾、烏煙瘴氣，怎還有松鼠的容身之所呢？如果 Wolly

壽命未盡，相信已經搬家。這條人行道旁邊有很多樹木，都是松鼠的宜居所，我很難在芸芸眾鼠中把他找出來。牠只認得你，不認得我。牠又不懂得看「尋鼠啟事」。Wolly 究竟是搬了家，還是壽終了，始終是個難解之謎！

放屁好過便秘

你曾經說，無糖的 Fiber One 小穀條和低糖的麩片（Bran），是人類的偉大發明，每日一到兩湯匙，即可解除便秘之苦。我胃出血後，醫生開了鐵丸給我服，便飽嘗便秘之苦。你沒吃完的穀條和麩片，給我逐日吃光，便各買一盒新的補充。後來發現，罐頭紅、白腰豆或六色雜豆，都含高量纖維素，便改吃這類豆品，效果良好。此後，更加注意攝取更多纖維素，便多吃疏菜、蕎麥麵、各類意大利全麥麵食。從此每日至少一便，都暢通無阻，感覺身心爽快。

豆類吃多的麻煩是屁多了，卻不得不放。不過，我仍遵守跟你約好的規定，不在棉被底下放屁。

媽媽問你的近況

母親節那天，悠悠和中立帶着我託她們打印出來的賀信給媽媽，並帶了一個栗子蛋糕、小甜筒冰淇淋和乾炒牛肉河粉孝敬媽媽。媽媽看了我的信，默默無語，也沒甚麼表情。她的安寧療護已跨過第五年，胃口似乎愈來愈差，只吃了一小口蛋糕、一個甜筒，幾口牛河。她輕微地皺着眉頭，叫悠悠到她床邊，問起你的近況。悠悠便將你的去世日期和致死病情簡略向她報告。媽媽聽了，沉默了好一陣子，然後問悠悠，現在阿田是不是一個人住。悠悠點頭說是。

悠悠回家後，當晚打電話給我，述說她當天跟媽媽的談話內容。她說，媽媽還很精靈，可能見到我給她的信沒有大嫂的名字，覺得奇怪，才叫她問話。悠悠每次探訪媽媽回家，當晚或隔天晚上就會讓我知道媽媽的情況。這已經成為慣例。

我告訴悠悠，如果媽媽再問起我的情況，就說，我單獨一人也很認真謹慎地過日子，請她放心。

我倆的墓碑

我將你我兩人結伴的人生之旅寫成故事，已經完稿，正與臺灣企劃公司恰談自費出版事宜。今年九月將赴臺參與出版各項事務，當然會與三個兒子全家及幾個老友相聚敘舊。

在寫稿期間，因在電腦鍵盤上打字姿勢不對，加上久坐少動，傷了脖子右邊的筋膜，那條筋膜變得粗而僵硬，甚至整個頭頸歪了，走路時不能抬頭挺胸，頭頸部也不由自主地垂下，影響身體的平衡能力。接受一療程的物理治療後，每日做幾套治療師吩咐的頭頸部運動，患情稍有改善，但進展緩慢。

寫作因頸患而暫停了將近半年，憑你的好友佳琳、契女芸妮、悠悠和其他好友的鼓勵，加上自己的堅定意志，終於完成。

這本書由《阿華與阿田》及《老鰥夫阿田小語》兩部合成，出版後，將成為你我兩人的墓碑。沒有墓地、沒有骨灰，不必掃墓。永恆的墓碑！非定點的墓碑！

見習接班人

你不嫌不棄、任勞任怨地為這頭家做了二十多年的非白領義工，沒有累壞，也夠辛苦了！二十多年來，正職以外，你還身兼廚警、吸塵師、廁所管理員，洗衣機操作員等多種角色，該下班了！你下班後，由我來接。

我熟記了你教我的操作洗衣機簡單步驟，洗了將近兩年的衣服，可是洗來洗去，總是我一人的衣物。你留下的幾件待洗衣服和毛巾，早就洗了，掛在衣櫥裡，或摺疊起來，放進抽屜或大塑膠盒內。你床上的床單、枕頭、蓋過的被單、鋪高枕頭的毛巾，全都是你走之前的樣子，只是床上堆放了不少你身後事有關的文件和物品。在我看來，這些遺物這樣擺放着，一點也不礙眼。

然而，廚房地板上的污跡、油滴、水漬、食物碎粒等、地毯上的塵埃、馬桶內的屎漬和尿騷味、都不能不清洗和去除。髒衣服和用過的毛巾，更不可像醃製泡菜那樣放在塑膠桶內發臭、發霉、發酵。這是見習接班人的當急之務。

我希望自己能堅定意志，秉持獨力也能擔當的信念，按步就班，勤加磨練，透過不屈不撓的奮鬥精神，讓自己從見習接班人，變成稱職的合格接班人。阿華，這是我對你的承諾！

包容和寬容

在我倆的婚姻生活中，我們不止一次各自談起前配偶，不止一次翻閱跟前配偶有關的舊照片。也許我的要求和標準不高，覺得回憶中快樂的成份多，便比你多談跟前亡妻有關的舊事。我這樣做，你從來沒有不悅的表示，反而會悉心誠意地傾聽我的講述。我好幾次聽了某些樂曲想起前亡妻美翠而落淚，你會拿紙面巾給我抹眼淚。你一點也不介意我透露仍愛美翠的情感。我有時情緒不好，亂發不該發的脾氣，跟你爭吵起來，你也在我氣消後毫無保留地原諒我，寬容我的弱點和劣行。

我寫我倆的故事時，寫到這類情境，淚珠會在雙眼裡滾動。我忍得住不讓淚珠掉落，卻忍不住鼻涕流下。每憶起你的包容和寬容，我都心懷萬分感激。我永遠愛你，

阿華！

媽媽已經走了

悠悠今晚傳簡訊給我，說媽媽已經走了。死因可能是敗血症。

悠悠較早時曾在通電話時對我說，媽媽因接受安寧療護，長期臥床，缺乏專業訓練的護理員不懂得頻密替她翻身，變換睡姿，以致生了一個大褥瘡。到訪的醫護人員發現時，瘡已呈現見肉的破洞。醫護人員趕緊治理那個瘡口，情況卻沒有改善，那個洞反而愈來愈深。媽媽也許感覺不適，感到苦惱和痛苦，曾用手指去挖它。今晚終於去世。享年一百零三歲。

我和悠悠都認為媽媽這樣一走，是她的大解脫，也是悠悠心理和精神壓力的大鬆弛。悠悠長年照顧媽媽，媽媽接受安寧療護期間，更是時時擔心焦慮，需要頻密跟醫護人員、照顧她的護工、社工等溝通協調，雖不致於達到心力交瘁的地步，實在也夠辛苦了！我對她說，我和

阿華都非常感激你！

媽媽還健康的時候，雖已九十多歲，仍如一條活龍，一隻猛虎。悠悠每周都會陪她上超市、好市多（Costco）和各類餐館。在超市或好市多內，悠悠任由她選購想要的食物、雜貨和衣物等用品。中立如沒出差到臺灣和上海，你我如果正好到灣區探訪媽媽，都會參加這類活動。四人以不同的組合，攜手把媽媽打造成一個快樂幸福的老齡人。

我倆去探訪她的時候，你也在其他方面增添她的幸福感。你陪她唱古早時代曲。她因耳朵失靈，經常唱走音，你卻面不改容，陪着她照唱不誤，深得她的歡心。你也喜歡做她的手工學徒，在她的指導下做毛線雞、小仿水晶塑膠粒組合成的桌式袖珍聖誕樹、編織毛線帽等。公寓樓下活動大廳如果有節目，例如英文班、餐聚、卡拉OK、手工班等，你會牽着她去參加。沒有特別節目時，你會陪她看中文電視連續劇。這類活動，我較少參加。但我見過你幾次替媽媽剪頭髮，媽媽甜蜜的感受我深有同感，因為我的頭髮，一直都是你剪的。

你替媽媽靜好的歲月，增添了一些美麗的色彩。謝謝
你！阿華！我愛你！

國家圖書館出版品預行編目 (CIP) 資料

阿華與阿田 / 無印良筆著 . -- 初版 . --
臺北市 : 郭祖欣出版 ; 臺南市 : 海平
面文化創意有限公司發行 , 2024.11
　面 ；　公分
ISBN 978-626-01-3401-3(平裝)

863.57　　　　　　　113016020

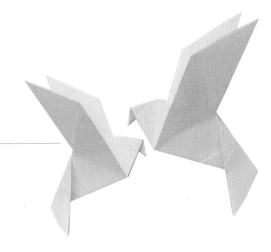

阿華與阿田

作者：無印良筆

出版者：郭祖欣

編　輯：林昀熹

封面設計：劉世凱

美術設計：JUSTIN

排版與製版印刷：中原造像股份有限公司

發行：海平面文化創意有限公司

　　　地址－710台南市永康區國華街61號4樓之3

　　　電話－(06)2025138

　　　電子郵件：jjyslin@gmail.com

初版：2024年11月

定價：400元

ISBN：978-626-01-3401-3（平裝）